CARE SANTOS

50 COSES SOBRE MI

edebé

Passeig de Sant Joan Bosco, 62
08017 Barcelona
www.edebe.com

Atenció al client: 902 44 44 41
contacta@edebe.net

Directora de Publicacions: Reina Duarte
Editora de Literatura Juvenil: Elena Valencia
Disseny de la col·lecció: Book & Look
Fotografia de coberta: Shutterstock
Fotografia de l'autora: Joan Cortadellas Huguet

1a edició, febrer 2018

ISBN: 978-84-683-3489-9
Dipòsit legal: B. 25054-2017
Imprès a Espanya
Printed in Spain
EGS - Rosari, 2 - Barcelona

Per a l'Adrià Olmedo,
coautor d'aquesta història,
argument de la meva vida.

1

SOC VERGE

Potser esperàveu que comencés dient el meu nom, la meva edat o les meves aficions preferides. Ho sento, però m'estimo més començar pel més important. Està bé, potser vosaltres penseu que tan important no és. O potser sí. Jo crec que depèn molt de com t'ho prenguis. Jo no ho porto massa malament (em penso), però tampoc ho porto gaire bé. Si algú em pregunta: «De l'1 al 10, quantes ganes tens de deixar de ser verge?», jo li diria: «Gairebé sempre, 6. De vegades, 8. Alguns cops (de tant en tant), 10». Hi ha coses que venen més de gust com més les rumies, com ara els gelats, les pizzes o els videojocs. És millor mirar de no pensar-hi gaire.

Em penso que tothom se n'adona, que soc verge. És com si ho portés escrit a la cara. Com si només veure'm, tothom pensés: «Aquí teniu l'Albert, el verge». Em pregunto si és normal ser verge a primer de batxillerat. De vegades em quedo mirant els meus companys de classe i em pregunto si n'hi ha cap que sigui verge, com jo. No és un tema del qual parli gaire sovint. Ni tan sols amb l'Álvaro, amb qui parlo de gairebé tot.

Tot això de la virginitat mai m'havia importat gens. Suposo que creia que les coses que tothom pensa no són tan importants. Les coses es tornen un problema quan només t'afecten a tu. I això justament va ser el que va passar. De sobte, volia ser diferent. Menys tímid, menys insegur, menys covard. Més esportista, més decidit, més fatxenda. Amb molt de gust m'hauria convertit en una altra persona. En una altra persona que no fos verge, és clar. Em sentia com si Winnie the Pooh volgués tornar-se Godzilla. O com si Pikachu somiés a ser com Regigigas. Suposo que tots hem tingut somnis impossibles algun cop.

Segur que us pregunteu què em va passar per voler evolucionar i megaevolucionar d'aquesta manera. Va ser com si algú hagués encès un llum enmig de la meva vida. Vaig començar a veure coses que abans no hi eren. Vaig començar a fer-me preguntes que mai m'havia fet. Per exemple: per quin motiu podria agradar a algú? S'enamorarà mai algú de mi? Com em veuen realment els altres? Com puc saber si m'estic enamorant? L'altra persona s'adonarà dels meus sentiments? Hi ha alguna evidència física de l'enamorament, no ho sé, et queden les orelles vermelles o se t'obren una mica els forats del nas? Hi ha algun termòmetre que serveixi per mesurar aquestes coses?

Encara que soni estrany, totes aquestes preguntes van aparèixer el dia que vaig començar les classes de piano. L'anunci deia: «Toca des del primer dia combinant teoria i pràctica. Grups reduïts».

Així que va començar la classe, a les cinc en punt, a l'aula només hi érem l'Abraham i jo. L'Abraham és el professor. Feia una mica de vergonya, però a l'anunci hi deia *grups reduïts*. Realment, el grup no ho podia ser més, de reduït.

—Vindrà cap alumne més? —vaig preguntar.

—Sí, una noia. Va avisar que arribaria una mica tard.

Potser vaig fer una cara una mica estranya, perquè em va preguntar:

—T'amoïna que la teva companya sigui una noia?

Sí que m'amoïnava una mica. Vaig arronsar les espatlles i li vaig dir:

—De vegades les noies em posen nerviós.

—T'entenc. Doncs espera a conèixer la teva companya —va dir l'Abraham.

Durant un moment, aquest comentari va fer que em penedís d'haver-me apuntat a les classes de piano. De fet, allò del piano havia estat una d'aquelles idees brillants de la meva mare per aprofitar el mes de juliol, però he de reconèixer que va estar bé.

Quan l'Abraham em va demanar que segués davant les vuitanta-vuit tecles blanques i negres, jo ni tan sols recordava com trobar un do al pentagrama. Vaig pensar que s'havia tornat boig quan un segon després va dir:

—Quan acabi la classe d'avui, podràs tocar una peça de Beethoven.

I va resultar que era veritat, però tot això és una altra història. Ja arribarà el moment d'explicar-la.

2

FA POC VAIG SALVAR LA VIDA A UN PAIO

Dit així, ja sé que sona una mica fort. Però és la veritat. De vegades la veritat és forta.

El paio a qui vaig salvar la vida té dos anys més que jo i em cau molt malament. Ben mirat, potser des que li va passar allò em cau una mica millor, però només una mica. De fet no ho sé. No seria el seu amic per res del món.

Segur que us esteu preguntant què va passar, què vaig fer. Potser m'imagineu com un heroi. Algú que va pel món salvant vides o salvant mons. Que du una capa i una «S» llampant a la samarreta.

No us ratlleu.

Soc un paio com tots, però una mica més estrany. Em penso que si no fos estrany, les coses haurien estat diferents. D'aquella matinada gairebé no en tinc records clars. Tot va ser cosa de tres o quatre segons. Gairebé no vaig tenir temps ni de pensar, però sí de formular-me una pregunta horrorosa: «I si no faig res?». Us puc ben jurar que me'n moria de ganes. Tocar el dos, fer veure que no el coneixia, dir a tothom que jo no havia estat allà. Al cap i a la fi, hauria estat la cosa més normal: jo odiava tot allò de la matinada, la discoteca i l'alcohol. Odiava aquell lloc i l'odiava a ell. A més, estàvem sols, ell i jo. Ningú ens havia vist. Podria haver passat de tot, podria haver passat d'ell. Però em vaig quedar allà i vaig trucar a una ambulància.

Si no ho hagués fet, ara ell seria mort.

Si no ho hagués fet, no sé pas com em sentiria, i en què m'hauria convertit.

Tot va passar durant una matinada. La més dura de la meva vida. D'això encara no en vull parlar. Ja sé que voleu saber què va passar, què vaig fer. Tranquils, us ho explicaré (per això soc aquí), però abans hi ha algunes altres coses de mi que heu de saber.

3

SOC SUPERDO..., VULL DIR, SOC EL MÉS JOVE DE LA CLASSE

Aquesta és la llarga història de la meva vida: tot va començar a primer de primària, quan es veu que m'avorria tant que els meus pares van decidir portar-me a un psicòleg.

El psicòleg ens va recomanar un altre psicòleg, i el segon, un tercer, fins que entre tots els psicòlegs van arribar a la conclusió que jo era un nen massa llest per a la meva edat. Un nen amb «altes capacitats», van dir sense esmentar quines eren, exactament. Un nen amb molta memòria, extremament sensible i obsessiu, que es passava la vida preguntant i pensant tot allò que no havia de preguntar ni pensar. Aquest era jo. No van dir que fos un nen «superdotat» perquè, per si no ho sabeu, aquesta paraula està prohibida per l'Organització Mundial de Pares, Psicòlegs i Professors Profundament Preocupats (l'OMPPPPP). Suposant que existís, és clar. Avui ningú diu la paraula *superdotat* per la mateixa raó que ningú diu *paralític* o *subnormal.* Són paraules massa fortes, que fan sentir incòmodes els adults, que són l'espècie més sensible del planeta, i per això mateix són molt aficionats a passar-se la vida inventant paraules que no molestin. Tenir un fill «superdotat» és molt més fort que tenir-ne un «amb altes capacitats». Tot i que no és gens fàcil, li diguis com li diguis, segons els meus pares.

El cas és que tots els psicòlegs i també els meus pares i els meus professors i els orientadors i la directora de la meva escola de primària van posar-se d'acord perquè jo saltés de curs. Apa-li! Vaig passar de primer a tercer sense passar per segon, quina meravella! Vaig convertir-me en un refugiat a la classe dels grans, que mai van ser els meus amics i que sempre van mirar-me com si fos d'un altre planeta.

Es passaven tota l'estona esperant que jo fes alguna cosa extraordinària, o bé burlant-se de mi perquè no ho feia. Em preguntaven tota l'estona: «I tu com ho saps, que ets superdotat?» (ells no sabien que la paraula està prohibida per l'OMPPPPP), o bé: «Quin és el teu quocient intel·lectual?», o bé: «Deus treure tot deus, oi?». A mi m'hauria agradat dir-los alguna cosa però no sabia exactament què i, al final, mai els deia res. O els deia que no sabia res de res i que em deixessin en pau.

És força difícil no sentir-se d'un altre planeta quan tothom espera que facis alguna cosa al·lucinant. No sé, volar amb les orelles, resoldre equacions matemàtiques complicadíssimes en un segon, tocar el violí amb una sola mà o coses per l'estil. Ni tan sols jo entenia quines eren les meves capacitats. Jo no em sentia gens ni mica especial, ni més llest, ni més ràpid, ni diferent dels altres (ni ho volia ser). Ben al contrari: sovint em pensava que era el més ruc de la classe, perquè no era àgil en cap esport, corria més a poc a poc que els meus companys, no sabia res de futbol, no m'interessava el que feien a la tele i les mates em costaven moltíssim. M'agradava dibuixar. Ho feia sovint, tothom deia que força bé. Vaig fer cursos, però també me'n vaig avorrir. Quan els companys em veien dibuixar, em tractaven una mica més bé, però només una mica. Una companya fastigosa em va dir:

—Això és tot el que saps fer? Gargots?

Una altra cosa que em sortia bé era aprendre'm coses de memòria. De tota mena, especialment les que m'agradaven. Per exemple, em sabia el guió complet i sense una sola errada de la pel·lícula *Shrek.* Em sabia l'alçada (en metres) de tots els gratacels famosos del món. Em sabia la durada (en minuts) de totes les pel·lícules que havia vist a la meva vida, i fins i tot d'algunes que no havia vist. Em sabia els noms dels protagonistes i els anys de l'estrena de totes les pel·lícules de Miyazaki, que era el meu director de cinema preferit. Havia vist totes les seves pel·lícules, fins i tot les més estranyes. Podia dir totes aquestes coses a qui me les preguntés i sense pensar ni mig segon. Els meus pares me les preguntaven de tant en tant, em penso que per divertir-se.

—Albert, tu saps quant fa el Burj Khalifa?

—828 metres.

—I les Torres Petrones?

—451,9 metres.

—Quant dura *Star Wars?*

—Quina? La primera, la segona, la tercera...?

—La primera.

—La primera de debò o la primera de la saga?

—La primera de la saga.

—És *L'amenaça fantasma.* Dura 130 minuts.

—I la segona?

—És *L'atac dels clons.* 142 minuts.

Ja sé que fa riure, però encara em recordo de tot això i encara puc dir quant duren les pel·lícules o quant fan els gratacels, però quan algú m'ho pregunta, sobretot els meus pares, els dic que me n'he oblidat perquè no es posin pesats.

En resum, que ser un noi amb altes capacitats no és cap sort. Tothom espera de tu coses sorprenents. Tots s'estranyen que no treguis unes notes boníssimes. Així que dius la teva edat, tothom et pregunta per què ets més petit que la resta de la classe i llavors has de donar un munt d'explicacions incòmodes que no et ve de gust donar i que et maten de la vergonya. Quan vols matricular-te de primer de batxillerat, l'ordinador es torna boig i no et deixa completar la matrícula en el mateix moment que els altres, perquè diu que hi ha un error en la teva data de naixement. Les noies t'analitzen com si fossis un ratolí de laboratori, de vegades sembla que t'admiren una mica, però només al començament. Així que comets el primer error perden l'interès per tu i tornen a mirar els més grans de la classe o fins i tot els d'altres classes superiors, que són els que de debò els interessen.

Ah, m'oblidava de dir-vos que el físic no m'ajuda en absolut. Per dir-ho en paraules del pare de l'Álvaro: «Ets gran com un armari, noi!». Faig gairebé un metre noranta, calço un quaranta-set i peso més que la majoria dels meus amics. Les marques de roba també em consideren un ésser d'un altre planeta, perquè no fabriquen samarretes on em càpiga l'esquena. No estic prim ni gras com un gall d'indi, però l'escala del meu cos no es correspon amb la del món. Quan dic l'edat que tinc, hi ha gent que em mira amb cara de por, com si fossin davant d'un cadell d'elefant.

Així que això és el que hi ha. Un paio de gustos diferents, massa gros, massa jove, massa estrany, incapaç de matar una mosca. Em sap greu, però us agradi o no, aquest és el protagonista d'aquesta història.

4

SOC ESTRANY, CREATIU I (GAIREBÉ) YOUTUBER

Encara no us he dit que tots els psicòlegs que m'han conegut algun cop han dit que soc creatiu. També m'ho diuen els meus professors. I els companys de l'ESO. I els meus pares. A l'informe del consell orientador de l'institut de secundària, el meu tutor va escriure: «L'equip docent recomana que la continuïtat formativa giri a l'entorn de la creació artística». Jo ja ho tenia clar. Batxillerat d'arts (és a dir, el batxillerat dels estranys) en la modalitat d'arts escèniques (és a dir, el batxillerat dels ultraestranys). El meu amic Álvaro encara no sap què vol estudiar. Va tenir molts problemes a l'hora de decidir-se per un batxillerat. Jo sempre ho he tingut clar: vull ser director de cinema. Bé, o productor, o guionista, o tècnic de so, o localitzador d'exteriors. Qualsevol cosa relacionada amb el cinema. Tot i que el teatre també m'agrada. Potser podria fer totes dues coses. No acabo de tenir-ho clar. De fet, potser m'assemblo més a l'Álvaro del que jo crec.

La meva primera càmera me la van regalar fa quatre anys per Nadal. I ja he rodat mitja dotzena de curts. Els primers van ser un desastre, perquè els únics actors disponibles eren els meus dos germans, i no eren gens professionals ni gens constants ni gens bons. Quan vaig apuntar-me a classes de teatre, aquest aspecte va millorar una mica, perquè allà tothom volia ser actor; però costava molt posar-se d'acord perquè la gent de la meva edat sol tenir moltes coses a fer i mai té temps de quedar per a un rodatge.

Qui mai em falla és l'Álvaro. Tot i que ell no vol dedicar-se professionalment al món del cinema ni del teatre, s'ho passa d'allò més bé amb les meves bogeries, tot i que també té les seves pròpies. A més, és bo davant la càmera i li agrada el cinema. Abans d'acabar quart, vam fer junts un treball sobre l'adaptació cinematogràfica de *Coraline,* de Neil Gaiman. Ens ho vam passar molt bé buscant semblances i diferències entre el llibre i la pel·lícula. La vam veure unes set vegades i ni tan sols així ens en vam cansar.

De sobte se'm va acudir que per ensenyar els curtmetratges que hem rodat amb l'Álvaro el millor seria obrir un canal de YouTube. Ja fa molt que segueixo alguns youtubers famosos i d'altres que no ho són tant. Alguns em semblen uns paios intel·ligents que fan ximpleries i d'altres uns ximples que s'esforcen molt a semblar intel·ligents. Soc fan dels que no són ni una cosa ni l'altra, d'aquells que em diverteixen o fan coses interessants, diferents, originals o tot alhora. M'agradaria, algun dia, ser com ells. Em fan riure i una mica de llàstima els adults que s'estimarien més que els seus fills fossin terroristes que no pas youtubers. Em penso que la mare fa temps era d'aquests, però després la vaig convèncer. M'ho vaig rumiar molt, i vaig decidir que, a més de penjar alguns dels meus curts, de tant en tant també podria recomanar les meves pel·lícules preferides.

Amb l'ajuda de l'Álvaro, vaig gravar a la meva habitació el vídeo de presentació del meu canal, que encara no té nom perquè fa nou mesos que hi dono voltes i no se m'acut res. Al vídeo se'm veu molt seriós mirant a càmera i dient:

—Hola a tothom! Benvinguts al meu canal, que encara no té nom però que el tindrà aviat (espero). Jo sí que en tinc, de nom, em dic Albert, tinc quinze anys i vull ser director de cinema. Aquí hi trobareu alguns dels curts que he fet i també recomanacions de pel·lícules que m'agraden, tant modernes com clàssiques. Els meus directors de cinema preferits són Steven Spielberg, Billy Wilder i Miyazaki Hayao (al Japó sempre diuen primer el cognom). Segur que si em visiteu sovint també acabaran convertint-se en els vostres preferits. Per cert, quan em visiteu, no oblideu de clicar a «M'agrada». Ens veiem la setmana que ve!

El vam repetir unes quantes vegades, fins que l'Álvaro va dir:

—Mola, tio.

Encara l'he de penjar, però ho faré aviat. Començaré les recomanacions amb *Zatoichi,* de Takeshi Kitano. És una pel·lícula al·lucinant. Va d'un samurai cec i d'unes geishes que viuen en una mena de prostíbul i d'un noi que es disfressa de geisha per revenjar-se dels assassins de la seva família. Està plena de morts brutals i d'escenes d'una violència extrema. Si ets molt sensible, és millor que et busquis una altra cosa. Potser us sembla estrany que m'agradi tant aquesta pel·lícula quan us acabo de dir que soc incapaç de matar una mosca. Teniu raó. A mi també em sembla molt estrany. Només se m'acut una explicació: si en el cinema passés el mateix que a la nostra vida, ningú hi aniria mai, al cinema.

La meva segona recomanació serà *La cumbre escarlata,* de Guillermo del Toro, però d'aquesta ja us en parlaré un altre dia.

Fa poc vaig llegir una entrevista a Steven Spielberg. Deia que va rodar el primer curt quan tenia dotze anys amb la càmera de vídeo del seu pare. «Allà va començar tot», assegurava, abans d'afegir: «Als joves que avui hi ha al món somiant a fer pel·lícules, els animo que comencin ara mateix. Que gravin, que s'equivoquin, que tornin a començar, que aprenguin dels seus errors. Només així podran arribar a fer bon cinema algun dia». Si hagués pogut, li hauria fet una abraçada i li hauria dit:

—Gràcies, tio. Ho intentaré.

5

VULL PUJAR A LES 10 MUNTANYES RUSSES MÉS AL·LUCINANTS DEL MÓN

Hi ha coses que no canvien. Encara m'aprenc de memòria llistes de coses estranyes. Per exemple, aquesta:

1) Kingda Ka (139 / 206)
2) Top Thrill Dragster (128 / 193)
3) Escape from Krypton (126,5 / 160,9)
4) Tower of Terror (115 / 160,9)
5) Steel Dragon (97 / 153)
6) Millenium Force (94,5 / 150)
7) Thunder Dolphin (80 / 130)
8) Fujiyama (79 / 130)

9) Shambhala (76 / 134)
10) Eejanaika (76 / 126)

Us podria demanar que endevineu de què es tracta però el nom d'aquesta entrada us ho ha posat massa fàcil. Els numerets que apareixen a la dreta corresponen a l'alçada en metres i a la velocitat en quilòmetres per hora que arriben a fer en el seu punt màxim d'acceleració. Podria deixar que esbrinéssiu vosaltres mateixos on és cadascuna, però també us estalviaré aquesta part de la feina, perquè això també m'ho sé de memòria.

1) Jackson, New Jersey, Estats Units
2) Sandusky, Ohio, Estats Units
3) Valencia, Califòrnia, Estats Units
4) Goldcoast, Queensland, Austràlia
5) Kuwana, Mie, Japó
6) Sandusky, Ohio, Estats Units
7) Tòquio, Japó
8) Fujiyoshida, Yamanashi, Japó
9) Salou, Tarragona, Catalunya
10) Fujiyoshida, Yamanashi, Japó

De moment, només he pujat a una sola d'aquestes meravelles, tot i que espero no trigar gaire a completar la llista. I espero ser un dels primers d'inaugurar les següents, cada cop més altes, que es construiran a totes bandes del món. Per exemple, l'al·lucinant Skycraper, d'Orlando, de 173 metres d'alçada. M'imagino com deu ser pujar en una cosa així. Quina passada!

Les muntanyes russes són com la vida, però concentrades en dos minuts de recorregut. A la vida també hi ha pujades, baixades, moments d'espera i *loopings*. Per exemple (ara tornem al primer dia de classes de piano, si no ho recordeu podeu tornar a llegir el punt número 1): estic sol amb el professor, quan de sobte s'obre la porta i apareix la companya que estàvem esperant.

—Aquesta és la Keiko —ens presenta el professor—. Ell és l'Albert.

La Keiko m'allarga la mà. És estrany. Mai havia saludat així una noia, i menys una companya de classe. Penso que *Keiko* és un nom japonès. Em recordo que els japonesos no se saluden fent-se petons a les galtes i que el contacte físic entre desconeguts els fa sentir molt incòmodes. Li estrenyo la mà. La té petita, tèbia i suau. Crec que em poso una mica vermell. L'Abraham somriu.

Seiem davant del piano, tots dos a la mateixa banqueta, cadascú en una part del teclat. De sobte he perdut la concentració. Tinc el cor accelerat sense saber per què. La Keiko té trets orientals i és guapíssima. Més que guapíssima. L'Abraham ens explica com col·locar els dits sobre les notes. La Keiko no diu res, però ho agafa tot a la primera. A mi em costa una mica més, i al seu costat em sento com un brètol. Comparades amb les seves mans, les meves semblen les d'un hipopòtam. No aconsegueixo sincronitzar-les, com si cada mà obeís un cervell diferent. L'Abraham ens ensenya com fer escales i practiquem durant deu minuts. «Una mica d'escalfament», diu. De sobte el dit petit de la mà esquerra se m'entrebanca amb el *si* i frega un instant el dit petit de la mà dreta de la Keiko, que és el *do*. Sento que caic des del salt més al·lucinant de la muntanya russa més alta que encara no conec. Aquesta sensació.

6

MAI SÉ COM COMENÇAR LES CONVERSES

Mai sabeu què dir en aquelles situacions en què és urgent dir alguna cosa? Teniu traça a ficar la pota? O potser sou dels que us quedeu molt callats, pensant què dir per no ficar-la?

Tranquils! Ja en som dos! Si a més de tot això que acabem de dir et posen al davant la noia més guapa que has vist a la teva vida, el més probable és que facis un ridícul horrorós.

Tornem (per últim cop, ho prometo) a la primera classe de piano. La veritat és que el temps va passar volant. En acabar, tant la Keiko com jo érem capaços de tocar *l'Oda a l'alegria,* de Beethoven. Sí, sí, ja sé que és la més fàcil de totes les simfonies que va compondre el geni alemany dels cabells estarrufats, però cal reconèixer que té mèrit. És molt més del que m'esperava de mi mateix. La Keiko, en canvi, no semblava gens sorpresa ni gens orgullosa.

—Teniu un piano a casa? —va preguntar el professor.

Tots dos vam fer que no amb el cap.

—I podríeu tenir-lo?

—No —va dir ella, convençuda.

Jo vaig arronsar les espatlles, perquè els meus pares són imprevisibles. Tant poden comprar un piano com mitja dotzena de girafes, si els ve de gust.

—Algú de la família, o algun amic amb piano que us el deixi?

Una altra negació doble.

—Vaja... —el professor va mirar-nos amb resignació—, quina llàstima. Sense piano és difícil avançar.

Ja al carrer vaig mirar de dir alguna cosa a la Keiko. Alguna cosa intel·ligent, brillant, especial, divertida. Alguna cosa que la fes riure, que la convertís en amiga meva, que fes que em veiés com un paio interessant i que li fessin venir ganes d'anar amb mi a qualsevol lloc. Però em va passar el mateix de sempre. Em vaig bloquejar. Se'm va congelar el cervell, o se'm van tancar les comportes de les paraules o no sé quin desastre va passar-me, però no vaig ser capaç de dir ni un mot. Ja us he avisat: mai sé com començar una conversa. Ni tan sols una conversa mig normal. Ni tan sols se'm va acudir fer una pregunta (que és una de les maneres més normals que hi ha per començar una conversa). En comptes d'això vaig deixar anar:

—Keiko és un nom japonès —vaig pronunciar *Kaiko,* perquè estava molt preocupat per demostrar a la meva companya que sé pronunciar el seu nom correctament.

—És clar, com el meu pare —va fer ella.

Mentrestant jo pensava: «Quina ximpleria li acabo de dir!». Però ja era massa tard.

Segon intent:

—Però tu no tens cap accent estrany.

Pel que es veia, estava disposat a batre el meu propi rècord de ximpleries en una mateixa conversa. Vaig pensar: «I si s'ho pren com un comentari racista?».

—Ja ho sé —va fer la Keiko.

I aquí es va acabar tot. Fi de la conversa. No se m'acudia res més a dir. Podria dir-li que era molt guapa, però segur que ja ho sabia. A més, així, en fred, sonava una mica estrany. De sobte se'm van acumular els dubtes. Cal dir a les noies guapes que són guapes? En quin moment? Cal valorar altres coses? Dir guapa a una noia guapa és una d'aquelles coses masclistes que no s'han de dir mai? A mi em molestaria si em diguessin que soc guapo? Bé, en realitat a mi mai ningú podria dir-me que soc guapo perquè soc lleig com un pecat. En fi. De vegades, em faig un embolic amb les preguntes.

Vaig decidir parlar de cinema. Segur que ningú es molesta, si parles de cinema. És un tema en què és gairebé impossible ficar la pota.

—He vist tota la filmografia de Miyazaki —vaig dir.

Va mirar-me com si li parlés en un idioma molt estrany. Suec, coreà, alguna cosa així.

—No sé qui és —va respondre.

Em va decebre una mica, que no sabés qui és Miyazaki. Com pot ser que algú com la Keiko no hagi flipat amb les seves pel·lícules, que s'ho hagi perdut?

—És un dels millors directors de cinema del món —vaig contestar—. Fa pel·lícules d'animació que han inspirat...

—La meva mare —va interrompre'm fent un bot.

Un cotxe blanc s'acostava pel carrer. Rere el volant, una dona morena menuda i somrient. De sobte em va venir al cap una pregunta. Era una cosa que necessitava saber.

—On vas néixer?

—Al Japó —va dir ella, saludant la seva mare, que acabava d'aturar-se just davant nostre.

—Sí, però a quin lloc?

—Al sud.

—D'acord, però a quina ciutat?

Va entrar al cotxe. Per un moment vaig témer que marxés sense dir-m'ho. Estava preparat per impressionar-la amb els meus coneixements de ciutats japoneses.

—Fujiyoshida —va contestar, un segon abans que la seva mare em saludés aixecant la mà i que el cotxe arrenqués de nou.

Kanazawa, Tottori, Matsuf, Yamaguchi, Kukuoka, Kumamoto... A la meva llista de ciutats japoneses (que, per descomptat, em sé de memòria) n'hi ha més de trenta. Però Fujiyoshida és un lloc especial. És al peu del mont Fuji, és la ciutat més alta del Japó, i està envoltada per cinc llacs (Yamanaka, Soi...). Però no m'interessa per res d'això, sinó perquè allà hi ha el parc d'atraccions Fuji-Q Highland, i allà hi ha la Fujiyama, que durant anys va ser la muntanya russa més alta del món. També hi ha l'Eejanaika, com si amb una sola muntanya russa no n'hi hagués prou per fer del lloc un somni. L'Eejanaika és una muntanya russa de quatre dimensions. Això vol dir que els seients queden una mica per sobre de les vies i poden girar sobre el seu eix. A més de la velocitat i l'altura, experimentes la sensació de viatjar cap per avall o en sentit contrari a la marxa. Deu ser al·lucinant!

Hauria volgut explicar alguna de totes aquestes coses a la Keiko. M'hauria agradat saber si ella coneixia el Parc de Fuji-Q Highland, si hi havia estat algun cop, si havia pujat a l'Eejanaika, però ja era massa tard. El cotxe s'allunyava carrer avall i jo me'l mirava amb cara de badoc. Abans de perdre'l de vista, va aparèixer un pensament al meu cap: «Algun dia anirem junts a Fujiyoshida, Keiko».

7

AGRADO MOLT A TOTA MENA DE MARES

Ja he dit que els meus pares són imprevisibles. De sobte, vaig aixecar-me del llit un dimecres de juliol, esverat perquè sentia sorolls estranys a l'escala, i vaig trobar-me un senyor amb un piano a la porta de la meva habitació.

—Hola, noi. Em penso que això és per a tu —em va dir, molt content.

Jo no entenia res.

—Heu comprat un piano? —vaig preguntar.

—Així podràs practicar —va dir la mare, feliç, com si tot allò fos normal.

El piano va quedar-se al passadís, entre la meva habitació i la dels pares, just al costat de la cambra de la meva germana.

Així que el van haver deixat, la mare va dir:

—Au, va! Ja pots fer-lo servir. És tot teu, fill.

Vaig seure davant les tecles sota la mirada atenta de tota la meva família. Els meus pares, somrients; els meus germans, sorpresos. Com si fos un solista famós.

—Només sé tocar un parell de coses —vaig dir, avergonyit.

—T'escoltem —va fer el pare.

Vaig tocar *l'Oda a l'alegria,* de Beethoven. Em va semblar la millor manera d'estrenar-lo.

Aquella tarda a classe em va faltar temps per dir a la Keiko, tot orgullós:

—Tinc piano! Si vols, pots venir a casa meva a practicar.

Ella va dubtar un moment. Va abaixar la mirada.

—No vull molestar —va contestar.

—Però si tu no molestes gens! —vaig deixar anar.

Per sort, l'Abraham ens havia sentit i va posar-se de part meva.

—És una bona idea, Keiko. No malbaratis aquesta oportunitat. És un oferiment generós per part de l'Albert.

La Keiko va murmurar:

—Sí, ja ho sé.

La primera classe de la setmana va passar tan de pressa com sempre. Escales, una mica de teoria musical i alguna peça fàcil… Aquell dia vam aprendre un vals a quatre mans. Era divertit tocar amb una altra persona. Molt més amb la Keiko. Tot i que em feia vergonya adonar-me que ella no s'equivocava mai, i això que gairebé ni mirava la partitura, i jo havia de tornar a començar tota l'estona.

—Ho fas molt bé, Keiko —la va felicitar el professor—, tot i que ella no semblava gens impressionada, ni contenta. Demà et portaré alguna partitura més difícil. Sembla que tens facilitat per tocar.

—Potser sí… —va fer ella.

Al final de la classe, mentre esperàvem que arribés la seva mare, li vaig repetir la meva proposta:

—De debò que pots venir a casa meva a tocar —vaig dir—. No passa res. Som amics, oi?

Va mirar-me fixament als ulls i em va dir:

—És clar.

—Doncs això! —vaig afegir, eufòric.

Aquell dia hi va haver un canvi en el guió. En comptes de recollir la seva filla i marxar a correcuita, la mare de la Keiko va estirar una mica el coll per mirar-me i em va preguntar:

—Vols que et porti a algun lloc, Albert?

No vaig desaprofitar totes aquelles oportunitats que m'oferien: no anar caminant, no passar calor, estar una mica més amb la Keiko i, de passada, guanyar-me la seva mare. Encara no us ho he dit, però les mares són la meva especialitat. Sé com muntar-m'ho per caure bé a mares de tota mena. Va portar-me fins a casa. La Keiko anava al seient del davant, callada. Jo li mirava el clatell, emmarcat pels cabells negríssims i brillants. Vaig aprofitar per explicar a la seva mare tot allò del meu piano nou, els meus pares els imprevisibles i l'oferiment que havia fet a la seva filla.

Va riure quan va sentir allò dels meus pares. I pel que fa la invitació, va mirar la Keiko i va dir:

—Però això és fantàstic, Keiko! —i de nou a mi—: Precisament ahir em deia com troba a faltar tocar fora de classe.

—Doncs ja està arreglat! —vaig dir, gairebé saltant del cotxe, perquè havíem arribat a la porta de casa meva—. Si la Keiko vol, pot venir aquest cap de setmana i li presento el senyor Zimmermann.

La seva mare va arrufar les celles:

—A qui? —va preguntar.

—És una marca de pianos, mare —va explicar la Keiko—. Alemanya.

La mare va riure un altre cop.

—No hi entenc gens, ho reconec —va dir.

Era una dona molt alegre. El seu caràcter contrastava amb la seriositat de la seva filla.

—Ets generós de debò, Albert. És clar que vindrà. Oi, Keiko?

8

SOC UN *PRINGAT*

«L'Albert és un paio encantador; l'Albert és molt educat, simpàtic, generós; si vas amb l'Albert, jo em quedo tranquil·la...»

Tot això són frases habituals de la meva vida. La mena de comentaris que inspiro a les mares de les meves amigues. De vegades, caure en gràcia no està malament: em conviden a berenar, em tracten bé, no discuteixen l'hora d'arribada. D'altres, em fa una mica de vergonya, com quan em remenen els cabells o em pessiguen les galtes, igual que quan tenia cinc anys.

Algú hauria d'escriure un manual que fos de lectura obligatòria per a pares i mares: *Fills adolescents: instruccions d'ús.* El primer punt aniria acompanyat d'un d'aquells senyals grocs de perill: «*Warning!* Mai tractis un adolescent com si fos un nen de tres anys. Pot passar qualsevol cosa».

Normalment, m'agrada caure bé a les mares de les meves amigues, però de vegades em pregunto coses. Per exemple: per què els agrado? És perquè elles també em llegeixen a la cara que soc verge? O perquè he tret bones notes?

Perquè no bec ni fumo ni em fico en embolics? Perquè soc una bona influència per a les seves filles? En resum, els agrado sobretot per tot allò que no soc: ni bevedor, ni drogoaddicte, ni lladre de bancs, ni un terrorista ni un violador en potència.

Només hi ha tres problemes:

1) Les noies no acostumen a tenir els mateixos gustos que les seves mares.

2) Normalment, les noies pensen que els tios que agraden a les seves mares són uns *pringats.*

3) Els *pringats* només serveixen per a l'amistat. Cap noia normal sortiria amb un *pringat.*

Com que soc un *pringat,* soc l'amic perfecte, l'amic universal, l'amic que tothom vol tenir. Inspiro confiança, soc simpàtic, sé escoltar, sempre sé quina paraula dir si necessiten consol, tinc molta paciència i sé donar consells assenyats.

T'assembles a mi? Llavors, què esperes per esdevenir un *pringat* com jo? Tot i que dubto que em superis, la veritat. He estat el millor amic, confident, consol i confessor de totes les noies que m'han agradat, que fins avui han estat cinc (sense comptar la Keiko). Totes elles m'han explicat els seus embolics amorosos amb altres tios, els seus dubtes, els seus desencisos i algunes vegades fins i tot les seves primeres relacions sexuals. I tot mentre jo seguia enamorat d'elles.

La veritat és que totes s'estimaven més nois molt diferents de mi. Nois que no són verges, que estan sempre segurs del que fan, que parlen i riuen molt fort, que diuen moltes paraulotes, que fan un munt d'esports, que no són gaire bons estudiants i que surten cada divendres i cada dissabte. De vegades ells també saben fer coses increïbles, com ara entrar en una discoteca sense tenir l'edat legal o on aconseguir drogues de disseny (o com prendre-te-les perquè l'efecte sigui més bèstia). Tots aquests nois estan sempre molt segurs de tot el que fan encara que sigui un desastre, especialment amb les noies. La inseguretat és un gen que l'evolució ha eliminat del seu ADN.

Quan vaig adonar-me que m'estava enamorant de la Keiko (mig minut després de conèixer-la), el primer que vaig pensar va ser: «Quant trigarà a adonar-se que soc un *pringat* i a explicar-me tots els seus embolics amb un altre tio, a qui odiaré més que res al món?».

També vaig pensar: «Potser aquest cop és diferent, perquè ella és diferent».

De fet, va ser diferent. La Keiko va trigar més que la resta de les meves amigues a adonar-se'n. Uns dos mesos i mig. Però va ser perquè abans va desaparèixer.

9

DE VEGADES M'OBLIDO DE LES COSES

Divendres a la tarda vaig rebre una trucada d'un número que no coneixia.

—Soc l'Àngela, la mare de la Keiko. Només volia preguntar-te si encara estàs disposat a deixar el piano a la meva filla perquè pugui practicar de tant en tant.

El cor em va fer un bot.

—És clar, que sí —vaig respondre.

—T'aniria bé demà a la tarda?

De fet, m'hauria anat bé qualsevol dia a qualsevol hora.

—A quina hora? —va preguntar ella.

—No ho sé. A qualsevol —vaig quedar-me

callat. Em penso que ella esperava que digués alguna cosa més, però no se m'acudia el què.

—Vols millor que parli amb la teva mare? —va fer l'Àngela.

—No, no, no cal!

Segon punt del manual d'instruccions d'un adolescent: «Mai parlis amb els seus pares de coses que pots parlar amb ell o s'ofendrà molt».

—A les cinc et sembla bé? —va preguntar.

—Sí, sí, perfecte!

—Bé —va fer una altra pausa—. Llavors quedem a les cinc. Jo l'acompanyaré. La Keiko estarà molt contenta. Segur que a la teva mare no li farà res?

—Segur! La meva mare estarà encantada que vingueu.

D'això n'estava segur. La mare mai veu problemes perquè vinguin amics a casa. Ben al contrari. Sempre diu: «La casa és gran, l'hem d'omplir». Durant el sopar vaig explicar als pares que la meva companya de classe de piano vindria a casa practicar. Van mirar-se d'aquella manera que em fa tanta ràbia, com si s'imaginessin un munt de coses que jo no he dit. Coses que em fan vergonya. Sabia que el pare faria una de les seves brometes pesades:

—A practicar? Practicar, què? Només piano? Segur? No hi ha res més? Va..., confessa!

De vegades la mare arrufa el nas, enfadada, i renya el pare perquè, segons ella, diu coses grolleres o de mal gust. En canvi, a mi el pare em fa molta gràcia quan es posa així. Diu unes coses que són per pixar-s'hi. Però aquell cop va ser estrany. La mare va riure molt, però a mi no em va fer ni mica de gràcia.

El dissabte a dos quarts de cinc va sonar el timbre. Vaig fer un bot del sofà, perquè segons els meus càlculs encara faltava una estona perquè arribés la Keiko. Acabava de dutxar-me, però encara no m'havia pentinat. Els meus cabells recordaven els d'una mofeta emprenyada. Vaig posar-me una mica de colònia i me'ls vaig aixafar a correcuita, mentre baixava per l'escala. Vaig dreçar l'esquena (com sempre em diu el meu pare), vaig amagar la panxa i vaig fer el meu somriure més encantador.

A l'altre costat hi havia l'Álvaro.

—Carai —va cridar en veure'm, amb to burleta—. Quin goig que fas, estimat!

Vaig mirar de dissimular la sorpresa, però

l'Álvaro és el meu millor amic i de seguida va notar que passava alguna cosa.

—Havíem quedat, avui? —vaig preguntar.

—Per anar al cinema. Fa més d'una setmana. Mira, aquí tens les entrades —va ensenyar-me la pantalla del mòbil—. Però si faig nosa, toco el dos.

—No, no, no! —vaig saltar—. No marxis!

L'Álvaro va fer una de les seves veus teatrals i va dir:

—Confessa, traïdor. A qui estaves esperant?

—Esperava la meva companya de piano.

—Ah! —va alegrar la fesomia—. Interessant! La japonesa? La que està bona, segons tu?

L'Álvaro de tant en tant s'assembla al meu pare, de tan burro que és.

—A quina hora comença la pel·li? —vaig preguntar, cada cop més desanimat.

—D'aquí una hora. Però hem de comprar les crispetes, la beguda, les xocolatines, els núvols, la pega dolça, les...

—Sí, sí, sí, d'acord —vaig entendre que m'havia de decidir—. Està bé. Farem una cosa: esperarem que arribi la Keiko, la saludarem, li ensenyo on és el piano i marxem, d'acord?

L'Álvaro va arronsar les espatlles i va fer aquell posat de pocapena que vol dir: «Si tu ho dius».

A les cinc va tornar a sonar el timbre. Us estalvio tots els moviments que ja he descrit abans, perquè els vaig repetir tots fil per randa (fins i tot em vaig tornar a posar colònia). Aquest cop, a la porta hi havia la Keiko i l'Àngela. La mare somreia, la Keiko estava tan seriosa com de costum.

—Puc parlar un moment amb la teva mare? —em va preguntar l'Àngela.

La vaig cridar. Les reunions de mares no m'interessen gens, així que vaig acomiadar-me educadament de totes dues i vaig dir a la Keiko que vingués amb mi, que li volia presentar el senyor Zimmermann. En arribar al piano, vam trobar l'Álvaro assegut davant les tecles, mirant-se-les com si no hagués vist un piano en tota la seva vida.

—Aquest és l'Álvaro, el meu millor amic —els vaig presentar—, i aquesta és la Keiko.

—...que en japonès vol dir «nena feliç» —va fer el meu amic.

—I això com ho saps? —vaig preguntar.

—Hi ha Google —va somriure, murri, abans d'encaixar la mà que ella li oferia i afegir, impostant la veu com un aristòcrata de pel·lícula—: *Enchanté, mademoiselle.*

La Keiko va deixar anar una rialleta i va abaixar la mirada, i crec que per primer cop en la vida vaig tenir enveja del meu millor amic. Vaig pensar que era necessari marxar al cinema abans que les coses empitjoressin. Vaig explicar a la Keiko que la deixava sola perquè no volia fer-la sentir incòmoda i vaig tocar el dos d'allà maldient la meva mala memòria i la meva mala sort.

10

TINC BAIXA TOLERÀNCIA A LA FRUSTRACIÓ

Vaig estar emprenyat durant mitja pel·lícula. Anava d'uns paios que construeixen un túnel per robar un banc i d'un pobre home que viu a la casa del costat i que els descobreix. Era bona, hi havia estones que paties molt i volies que el veí (que anava en cadira de rodes) aconseguís també la seva part dels diners. A l'Álvaro li va encantar. Jo vaig passar-me l'estona pensant en la Keiko, en el senyor Zimmermann i en la meva mala sort. Aquestes coses només em passen a mi.

De fet, qualsevol dels psicòlegs que m'han conegut descriuria la situació d'una altra manera.

Dirien, per exemple, que sempre veig el got mig buit (la qual cosa vol dir que soc un pessimista nat); o que m'agrada tenir-ho tot sota control (la qual cosa és absolutament certa) i que soc incapaç de suportar el malestar que em provoquen les dificultats de la vida. Se suposa que per posar-hi remei hauria de veure la part bona de les coses i prendre-m'ho tot amb més calma.

Així que va acabar la pel·lícula, l'Álvaro va dir:

—Avui no puc quedar-me a sopar amb tu, tinc molta pressa.

No li vaig contestar. En realitat, no me'l vaig creure. L'Álvaro mai té més pressa que gana. M'estava ajudant, a la seva manera. Ens vam acomiadar amb un «adeu, tio» i un parell de copets a les espatlles, com sempre, i vaig tornar a casa tan de pressa com vaig poder.

Un altre desengany: la Keiko ja se n'havia anat. La mare preparava el sopar i el pare mirava un partit de futbol a la tele. La casa estava en calma. El senyor Zimmermann tenia la tapa tancada. Em van venir ganes de clavar puntades de peu a les parets, però vaig aturar-me just a temps.

—Com ha anat, la pel·li? —va preguntar la mare.

—Bé.

—Has menjat moltes porqueries?

—Algunes, sí.

—Llavors, et faré poc sopar.

—D'acord. Tampoc tinc gaire gana.

La mare va deixar tot el que estava fent i em va apuntar amb una cullera de fusta.

—No tenim ganes de parlar? —va preguntar.

—No gaires.

—D'acord. Llavors no t'explicaré tot el que he esbrinat sobre la Keiko.

Vaig llançar-me damunt seu com hauria fet una fura. La vaig mirar fixament, vaig arrufar les celles, vaig esbufegar, li vaig fer pessigolles. Feia broma, o almenys ho semblava. Em moria de ganes d'esbrinar què sabia.

—Per començar, té problemes familiars —va informar-me—. Fas molt ben fet d'ajudar-la.

—T'ho ha explicat ella? —vaig preguntar.

—Ella no. No és gaire enraonadora.

—M'ho ha explicat la seva mare. T'està molt agraïda, per cert. Diu que gràcies a tu i el piano la Keiko no es passa tot el dia a casa pensant en el seu pare i en la vida que va deixar a Tòquio.

—En el seu pare?

—Es veu que estaven molt units.

—Estaven?

—Els seus pares estan separats. L'Àngela ha decidit venir a viure aquí per allunyar-la d'ell.

—I això per què?

La meva mare va aturar-se a pensar un moment. Va remenar el que tenia al foc. Finalment va dir:

—Això potser serà millor que t'ho expliqui ella. No estic gaire segura que l'Àngela vulgui que ho sàpigues.

Tot allò explicava la seriositat i l'aire de tristor que sempre acompanyaven la meva amiga.

—Però encara hi ha una cosa més —la mare va fer una pausa, va mirar-me amb cara de misteri—. Tu no em vas dir que la Keiko i tu éreu a la classe dels principiants?

—Sí. És la meva única companya.

—Doncs no sé què hi fa, allà, perquè no és de cap manera una principiant.

—Què vols dir?

—Que toca el piano de meravella, fill. No sé què fa amb un maldestre com tu —la mare va deixar anar una rialla que em va ofendre una mica.

—Doncs, perquè ho sàpigues —vaig defensar-me—, som igual de maldestres.

—De debò? —la mare va agafar el seu telèfon mòbil, va obrir l'aplicació que serveix per gravar i va prémer el *play.*

Va començar a sonar una música meravellosa i complicadíssima interpretada al piano amb molta rapidesa. I sense cap error, com era habitual en la Keiko.

—Mentre tocava, l'he gravat sense que ella se n'adonés —va dir—. Això que toca és la *Marxa turca,* de Mozart, i no és de cap manera una peça per a principiants.

Vaig escoltar la gravació fins al final. Bocabadat i sense entendre res.

11

NO M'AGRADA LA LASANYA

La vida té coses misterioses. Com ara: de petit m'agradava molt la lasanya. De sobte, va deixar d'agradar-me. Ara no la suporto. Si em voleu matar de fàstic, doneu-me'n un plat. La salsa beixamel hauria d'estar prohibida per la llei. Gratinar hauria de ser un delicte castigat amb penes de presó. Si sumem dues coses horribles, només obtindrem una cosa encara més horrible. Això és el que jo penso de la lasanya. Per fi he gosat dir-ho.

Al migdia vaig veure un missatge de l'Álvaro que deia:

El meu pare està fent lasanya.

Pregunta si vols venir a sopar aquesta nit.

Vaig escriure:

Hi puc anar després de la classe de piano.

Va contestar amb un puny tancat amb el dit polze amunt. Un segon més tard va afegir:

Digues hola a la nena feliç de part meva.

La Keiko va arribar cinc minuts abans de començar la classe. Esperàvem que arribés l'Abraham quan va dir-me:

—Et volia donar les gràcies per allò de dissabte. Feia temps que no em sentia tan feliç.

Les seves paraules em van sorprendre molt. Fins aquell moment mai li havia sentit pronunciar una frase tan llarga. Vaig recordar el que l'Álvaro havia dit que significava *Keiko*.

—És clar! —vaig fer—. Nena feliç! Sempre t'hauries de sentir així!

—Els noms també s'equivoquen —va murmurar tan baixet que no sé si la vaig entendre bé.

Per més que ho intentava, no podia treure'm

del cap la gravació del mòbil de la meva mare. Era com quan de petit m'obsessionava amb alguna cosa. Com més volia deixar de pensar-hi, menys ho aconseguia. Li ho vaig preguntar amb tota la intenció:

—Vas tocar els exercicis que ens van encarregar a classe?

De fet, em moria de ganes que la Keiko em digués la veritat, el seu secret. No entenia per què no me l'explicava. La seva manca de confiança em feia mal.

—Sí, és clar —va mentir ella.

Quan va arribar l'Abraham, vam començar amb les escales —«l'escalfament»—, com de costum. Però jo no aconseguia concentrar-me. No podia deixar de preguntar-me per què la Keiko no confiava en mi, per què no em deia la veritat.

Vam practicar amb un parell d'escales noves. La Keiko no va cometre ni un error. Jo, com sempre, em vaig equivocar un munt de vegades.

—Estic admirat que aprenguis tan de pressa, Keiko —va comentar-li l'Abraham—, mai m'havia passat amb cap alumne. Vols dir que en una altra vida no has estat pianista?

—No ho sé… —va murmurar ella, i va riure la broma amb timidesa.

Vaig mirar-la de cua d'ull, per veure si li descobria a la cara algun rastre d'incomoditat. Res. La Keiko s'estava quieta i seriosa com una estàtua, concentrada en els moviments dels dits i les notes del pentagrama.

Al final de la classe l'Abraham ens va repartir unes partitures per practicar a casa.

—Què? T'atreveixes amb una peça una mica més difícil, ara que tens un piano per practicar, Keiko? —va preguntar el profe.

—D'acord… —va acceptar ella.

Em van venir unes ganes enormes de desemmascarar-la. De cridar: «La Keiko sap tocar la *Marxa turca!* Jo l'he sentit!». Però, per descomptat, no vaig dir res.

En sortir, mentre esperàvem que arribés la seva mare, li vaig explicar allò del sopar, el pare de l'Álvaro i la lasanya. Li vaig dir que era el plat que més odiava del món.

—Llavors, per què hi vas? —va preguntar-me.

—Perquè l'Álvaro és el meu amic.

—No m'estranya. Sembla bona persona.

Vaig sentir un altre cop aquella sensació a l'estómac. Gelosia. Mai abans n'havia tingut, i encara menys del meu millor amic. També em van venir ganes d'etzibar puntades de peu a les coses, les parets, les voreres, a tot. En comptes d'això, li vaig preguntar el que volia saber:

—Per què no em vas dir que sabies tocar? M'has deixat fer el ridícul al teu costat, fent-me creure que també n'estàs aprenent des de zero, com jo. I en realitat ets capaç de tocar Mozart! Has fet trampes!

La Keiko va clavar els seus ulls petits en els meus. Van ser sis, set, potser vuit segons, però se'm van fer eterns. No sabria dir si estava enfadada, trista, dolguda o de tot una mica. No va dir ni un mot.

En aquell moment va arribar la seva mare, somrient, i va abaixar el vidre de la finestreta per saludar-me. Ella sí que em tractava com un amic. La Keiko i jo vam dissimular. Em va semblar, però, que tenia els ulls humits quan va pujar al cotxe. La seva mare va esperar que es cordés el cinturó abans d'arrencar. Després van tocar el dos.

Llavors vaig sentir que la ràbia em dominava

totalment. Vaig clavar una puntada de peu a una paperera, tan fort que em vaig trencar la sola de la vamba. Després vaig enviar un missatge a l'Álvaro:

No m'agrada la lasanya.
Ja ens veurem un altre dia.

12

SOC UN COVARD

Soc un covard, sí. Ni m'importa ni ho penso canviar. En el món hi ha lloc per a tothom.

Hi ha coses que no faré mai. Perquè no m'atreveixo a fer-les. Exemple: pegar a una altra persona. M'estimo més marxar que arriscar-me que em facin mal.

«Però, noi, tan gran com ets, segur que guanyaries a tothom!», em diuen.

També em fa por fer mal a algú altre. No ho vull fer.

No m'atreveixo a entrar sense permís en una discoteca. Em fa por que em descobreixin i em facin fora. Em fa por fer el ridícul.

Tampoc soc capaç de falsificar res. Ni tan sols sabria per on començar. Tampoc sé dir mentides. Em surt fatal.

Però encara hi ha més coses: consumir drogues. Gravar un vídeo que deixi malament altres persones. Espiar les noies despullades. Enganyar algú. Barallar-me. Beure per beure.

—Porta cap aquí aquest got! L'omplirem de vodka perquè l'Albert se'l begui d'un glop. Va, Albert, ho has de provar, no pots ser un *pringat* tota la vida. Va, amb dos collons! Si no passa res! Així et respectarem d'una vegada! Així veurem que no ets tan marieta com sembles! Ho veieu? Ja us ho deia, jo. No s'atreveix a fer-ho! Va, Albert, si te'l beus tot, et donarem vint euros! I deu si te'n beus mig. Tampoc? No ets capaç de beure-te'n ni mig got? Quin gallina, tio! Quina vergonya!

Els insults i les provocacions són del Pere. Tenen el seu mal estil inconfusible. Al seu voltant, els membres de l'equip de futbol esperaven que passés alguna cosa. La Keiko també hi era.

Amb molt de gust hauria clavat al Pere un bon cop de puny a la seva cara d'idiota. Amb molt de gust li hauria tirat el vodka a la cara. En comptes d'això, vaig començar a clavar puntades de peu al tronc de l'arbre. En comptes d'això, només una setmana més tard, li vaig salvar la vida.

13

DE PETIT VAIG CAURE DE LA LLITERA DE DALT I EM VAIG FER UN COP AL CAP

Com a molt devia tenir tres o quatre anys. De sobte vaig despertar-me en plena nit, espantat i adolorit. Era al terra de l'habitació, sobre l'estora, al costat del llit de la meva germana. Jo llavors dormia a la llitera de dalt, perquè era el gran. Segurament vaig plorar molt fort, perquè de seguida van arribar el pare i la mare en pijama i amb cara de son. Van preguntar-me on em feia mal, em van consolar. Vaig assenyalar-me el cap, just sota el clatell. Es van mirar amb preocupació. El pare va treure la meva germana del llit i la va posar al seu cotxet.

Vam sortir cap a l'hospital infantil enmig de la matinada. La mare anava asseguda al darrere, al meu costat, i no parava de parlar-me. La meva pobra germana, que sempre ha tingut molt bon caràcter, estava encantada amb aquell passeig tan estrany a aquelles hores de la nit. A urgències van fer-me una radiografia i algunes proves més. Vaig passar una estoneta amb la mare en una sala amb les parets pintades de color groc, fins que va sortir el metge i va dir:

—Tot està bé. Podeu tornar a casa tranquils.

De vegades penso en aquella nit, en aquell cop al cap, en les possibles conseqüències que els metges igual no van detectar.

I si els meus problemes per començar una conversa tenen a veure amb aquell cop? Seria tan despistat si no hagués caigut? Me n'adonaria, quan estic a punt de ficar la pota, i no ho faria?

Quan la Keiko va desaparèixer de sobte de la meva vida, vaig pensar moltes vegades en aquella nit. Vaig pensar molt en ella. Vaig lamentar haver-la ofès, o haver-li fet mal.

M'hauria agradat disculpar-me amb ella, però no la vaig tornar a veure. A la classe de piano següent, l'Abraham em va dir que la Keiko no tornaria més. Era una pena, va dir, perquè estava progressant molt. L'Abraham no entenia per què se n'havia anat, tant com li agradava el piano. No vaig gosar confessar-li que jo en tenia la culpa. Tampoc vaig gosar trucar a la mare de la Keiko per aclarir les coses. Vaig témer que també ella estigués enfadada amb mi.

En fi. Res de nou. Ja us he dit que soc un covard.

14

SI ESTAR DISTRET FOS UN ESPORT OLÍMPIC, JO EN SERIA MEDALLA D'OR

Encara que ho hagis fet algun cop, mai t'acostumes a canviar d'escola. El primer dia et vols morir. Et sents més sol que un mitjó que ha perdut la seva parella dins la rentadora. Els teus amics s'han quedat a l'altre institut, al nou no hi coneixes ningú (o això et penses) i, a més, hi ha un munt de novetats a les quals t'has d'acostumar de cop.

Tot i que aquesta vegada se suposa que seria diferent, perquè (se suposa) jo ja era gran i (se suposa) no m'havia de preocupar per aquestes bestieses. A més, a batxillerat (se suposa) la gent és més responsable perquè (se suposa) només hi són els que volen continuar estudiant per anar a la universitat, de manera que tenia un munt de raons de pes (se suposa) per no preocupar-me de res. A la pràctica, només podia pensar en tres coses:

1) Que no se'm notés que estava nerviós.

2) Fixar-me en totes les cares per si coneixia algú.

3) No distreure'm si no volia acabar en una classe de primer d'ESO.

Per a mi estar distret és un tret de personalitat. Si fos un esport olímpic, jo en seria plusmarquista, medalla d'or, rècord Guinness, heroi nacional. Soc el típic paio que pot passar-se una hora escoltant i no saber ni de què va. El cervell entra en fase d'hibernació, o de repòs, o de desconnexió, no ho sé. A l'altre insti hi havia l'Álvaro per recordar-me les coses que m'havia perdut. Cada cop que em veia distret em deia:

—Jo crec que tens Alzheimer juvenil, tio.

Així que vaig arribar, vaig veure un munt de gent apilonada davant de la porta. Molts es coneixien i se saludaven, contents de tornar-se a veure. D'altres es coneixien però no semblaven gaire contents d'haver de suportar-se un curs més. Tot normal. També hi havia gent penjada, com jo. Entre els solitaris vaig reconèixer un parell de persones. La primera, la Coral, una noia amb qui vaig coincidir a l'escola de primària, tot i que mai ens vam caure gaire bé. Ens vam saludar des de lluny, com si ens preguntéssim: «Un altre cop tu?». També vaig trobar-me la Marta. A ella sí que em vaig alegrar de veure-la i diria que ella també va es alegrar de veure'm a mi. La Marta i jo hem anat al mateix curs de teatre durant cinc anys seguits. Hem estrenat cinc obres en cinc anys, hem assajat moltes hores cada curs, hem passat nervis junts, i reconec que hi va haver un temps en què em va agradar una mica, però després se'm va passar. Em vaig alegrar molt de veure-la, va ser com nedar enmig d'un oceà i entrebancar-me de cop amb una illa preciosa. Una còmplice enmig d'una multitud de desconeguts. Ens vam explicar com ens havia anat l'estiu, ens vam felicitar mútuament per haver entrat al batxillerat que a tots dos ens agradava i en aquell moment va arribar una dona rossa que va dir que era la nostra tutora i va començar a parlar d'un munt de coses a tota velocitat: el calendari, les avaluacions, les sortides, les reunions, les normes, els horaris... En fi, ja ho sabeu, aquella muntanya de detalls que els professors s'entesten a explicar-te de cop i al mateix temps i que després ets incapaç de recordar.

«Ara sí que soc a batxillerat», vaig pensar, mentre una veu dins meu em recordava: «No et distreguis, no desconnectis, has d'estar molt atent, tota l'estona». La tutora parlava i parlava. Abans d'acabar ens va recomanar que aprofitéssim aquell primer dia, ja que acabaríem una mica abans, per fer un tomb pel centre. Hi havia dos edificis, el de l'ESO i el de batxillerat, independents l'un de l'altre (fins i tot tenien una cafeteria cadascun). Els alumnes respectius no es trobaven gairebé mai perquè sortien per portes diferents i ni tan sols coincidien al pati (per decisió del consell escolar). Em va semblar un bon pla anar a descobrir el lloc on havia de passar els dos anys següents de la meva vida.

Al passadís hi havia una munió de gent impressionant, que feia molt de soroll. El normal.

Vaig recórrer el centre de dalt a baix, fins i tot l'edifici dels petits de l'ESO. Amb calma (en general no soc gaire ràpid), per assabentar-me'n bé. Ja havia acabat i caminava cap a la sortida pensant en les meves coses quan, de sobte, vaig veure una noia d'esquena, aturada al costat d'una taquilla. La vaig reconèixer al moment, només de veure-li el clatell.

Ja heu endevinat qui era? És clar, era la Keiko, l'última persona que esperava trobar-me allà. Portava la motxilla penjada a l'esquena, anava sola, i tenia aquell aire una mica trist que era normal en ella.

Vaig quedar-me palplantat al passadís, mirant-la. Estava molt enfeinada col·locant els llibres. Ni tan sols va adonar-se que jo era allà. El meu primer impuls va ser acostar-m'hi, demanar-li disculpes, dir-li que l'havia trobat molt a faltar. Vaig aturar-me. Potser m'ho havia de rumiar una mica més bé. Què dir-li, i com. No volia tornar a ficar la pota. A més, potser encara estava enfadada amb mi. I l'última cosa que volia era endur-me un disgust el primer dia. Fins aquell moment, tot havia sortit bé. Em penso que, de fet, tenia por del que em pogués dir. Així que vaig mirar cap a una altra banda, vaig passar de llarg i me'n vaig anar cap a casa.

15

TINC UN GAT NEGRE QUE ES DIU POE

Trobo molt estrany no haver-vos parlat encara del Poe. És el meu gat negre. Està gras, té un ullal més llarg que l'altre i li agrada el pernil dolç més que res al món. El vam adoptar al refugi d'animals domèstics fa tres anys. El nom li vaig posar jo, en una època que em va donar per llegir contes d'Edgar Allan Poe (que, per si no ho sabeu, és l'autor de contes de terror més famós de la història) i vaig descobrir que en tenia un que es deia *El gat negre,* que feia força cangueli. Aclariment: el meu gat Poe no en fa, de cangueli, però té molt caràcter. Quan s'enfada, esbufega i fa cara d'«et mataré». També és molt afectuós, li agraden les magarrufes cosa de no dir i, quan té la bona, et persegueix per tota la casa perquè li acaronis la sotabarba (també li agrada que li gratis la panxa, però la sotabarba és el seu punt feble).

Hi ha persones que odien els gats (com l'Álvaro) i gats que odien les persones (com el Poe). Junts són el tàndem perfecte: es deixen en pau mútuament. Si algun cop ens visita una persona que no ha vingut mai, tanquem el Poe a la cuina, perquè no molesti. Quan es queda tancat a la cuina, el Poe grata la porta amb les potes del davant perquè el deixem sortir. Si es queda a l'altra banda també grata la porta, aquest cop perquè el deixem entrar. No sé quin escriptor anglès va dir que els gats sempre són a la banda equivocada de la porta.

En moltes coses trobo que m'assemblo al Poe. M'agrada dur roba de color negre. Em costa decidir a quin banda de la porta vull ser. Tot sovint penso que m'he quedat a la banda equivocada. Faig una mica de panxa. Quan m'enfado, potser faig una mica de por, però després soc com el Poe: jo també necessito els altres, encara que em costi reconèixer-ho.

El primer dissabte després de començar les classes l'Álvaro va venir una estona a casa. Vam jugar a *Team Fortress 2,* el nostre joc preferit per equips. Per berenar, vam menjar magdalenes acabades de fer (la meva mare es passa el dia cuinant coses al forn). Ens vam explicar els últims dies de les nostres vides fascinants. Els canvis, les novetats, la mandra que ens fa estudiar batxillerat, els col·legues... Per fi vaig decidir-me a parlar-li de la Keiko.

—Tu el que necessites és una estratègia, tio —va dir el meu amic—. Com quan juguem junts. Has de conquerir punts estratègics de l'enemic, pensar com ho faràs, llançar-t'hi, estar-ne segur. Improvisar no acostuma a donar bon resultat. Si vols, t'hi ajudo.

Vaig pensar que era molt bona idea. Quan juguem per equips, l'Álvaro i jo som molt bons. Hem guanyat més d'un cop.

—Molt bé —vaig dir—, per on començo?

—Per parlar-li. Et penedeixes del que li vas dir i li deixes anar alguna cosa bonica.

—Com ara?

—Alguna cosa sobre els seus ulls, sobre les seves mans, jo què sé. El que estudia coses artístiques ets tu. Pensa!

—I després?

—Després la convides a prendre alguna cosa.

—Ui. No ho sé.

—I tant! Acció! Aquest és el secret! Acostar-se al punt estratègic!

L'Álvaro cridava, com si en comptes de parlar de conquistar la Keiko parlés de com envair el Japó.

—La teoria està molt bé, però després la pràctica...

—Ja ho tinc! Li agafes la mà!

—Tu ho has fet algun cop? —li vaig preguntar.

—No, encara millor! —s'anava animant i no m'escoltava—. Fes-li un petó! Un de tirabuixó, amb lleng...!

—Ep, ep, tu, para el carro! No puc fer-ho, això!

—No? Per què no?

—Perquè em moriré de vergonya. A més, s'emprenyarà.

—Podria ser —va reconèixer.

—Tu ho has fet algun cop, tot això?

—Llavors li hauràs d'explicar alguna cosa. Això segur que ho fas bé, tio. Serà com aprendre't el text d'una de les teves funcions de teatre.

—Alguna cosa com ara què?

—No ho sé. Pensem. Ja ho sap, que ets superdotat?

—No.

—I què esperes! Segur que la impressiones.

—No m'agrada parlar-ne.

—Doncs, explica-li que vols ser director de cinema, que estàs obrint un canal de YouTube. No ho sé, tio, *curra-t'ho!*

—Vols dir?

—I li podries fer un dibuixet. Un retrat seu!

—No tinc cap foto seva.

—Doncs de memòria.

—De memòria no en sé.

—Hosti, tio, m'ho poses difícil. Hi has de posar ganes! Com aquell cop que vam arribar al centre d'operacions enemic i el vam trobar tot ple de penya de l'equip contrari, te'n recordes?

—I tant. I què faig mentrestant?

—Doncs mentrestant ens anem acostant al moment de glòria —va somriure, fatxenda, com si s'ho pogués imaginar.

No m'havia contestat la pregunta, però per la seva cara vaig sospitar que ell tampoc ho havia fet mai i que parlava per parlar, tot i que potser havia pensat una mica més que jo l'estratègia per aconseguir-ho. La veritat és que és genial poder refiar-se d'algú que entén els teus problemes autèntics.

Vaig aprofitar que estàvem parlant de coses difícils per explicar-li (em va fer una mica de vergonya) que només unes setmanes abans, si fa no fa quan tot allò de la lasanya, havia estat absurdament gelós d'ell i de la seva facilitat increïble per agradar a les noies. I tot només perquè havia caigut bé a la Keiko des del primer moment.

Va al·lucinar, és clar.

—Facilitat, dius? —va riure—. Tu creus que si tingués una facilitat increïble em passaria un dissabte a la tarda parlant amb tu, tio?

16

LES MEVES VACANCES PREFERIDES SÓN LES DE NADAL

Si les vacances de Nadal fossin més llargues, serien perfectes. M'agraden més que tota la resta de vacances, per diverses raons:

1) Fa fred. M'encanta, el fred. No suporto la calor. Jo mai tinc fred. Ni tan sols faig servir jerseis (llevat quan la mare m'hi obliga, però llavors ho passo fatal).

2) Encara falta molt per al final de curs. Això vol dir que t'ho pots prendre amb calma, sense patir massa. Viure la vida.

3) M'agrada tot això dels menjars familiars, les nadales, els torrons i les ganes de la gent de

ser bona de cop i volta. No entenc com hi pot haver persones a qui no els agradi el Nadal. I que, a més, ho diuen, com si n'estiguessin orgulloses.

Abans de les vacances els de primer havíem organitzat una representació nadalenca. Va ser a darrera hora, a la sala d'actes que queda a l'edifici de l'ESO. Van assistir-hi tots els alumnes del centre. A mi em va tocar ser-ne el regidor (que, per si no ho sabeu, és qui s'encarrega de tenir a punt tot allò que es necessita sobre l'escenari). Va estar bé.

En sortir, com si el destí guiés les meves petjades, va tornar a passar el mateix del primer dia: vaig veure la Keiko, per segon cop des que tots dos havíem començat el curs. Va ser curiós que fos exactament en el mateix lloc: davant la taquilla, ficant llibres dins la motxilla. La vaig reconèixer de seguida, tot i que estava d'esquena i no li veia el clatell, perquè tenia els cabells més llargs.

Sí, sí, ja sé que havia passat molt de temps, que soc un desastre i tot el que vulgueu pensar de mi. Ja us he dit que m'agrada prendre'm les coses amb calma i que em poso nerviós si em venen amb presses. En aquells tres mesos vaig pensar molt a inventar alguna excusa per acostar-me a l'altre edifici i parlar amb ella, però no se me'n va acudir cap prou convincent. La veritat és que els de batxillerat no hi anem gaire, per allà. Suposo que a això es refereix el meu pare quan diu que soc el peix bullit més gran de la història contemporània (que, per si no ho sabeu, va començar a la Revolució Francesa i encara no s'ha acabat).

La bona notícia és que aquest cop vaig reaccionar. No vaig passar de llarg (tres mesos i unes quantes converses amb l'Álvaro m'havien fet pensar molt en l'estratègia). Vaig acostar-me a ella, li vaig fer un copet a l'espatlla i vaig posar cara de molt sorprès quan vaig dir:

—Ets tu!

Si el meu professor de teatre hagués passat per allà just en aquell moment, m'hauria apujat la nota per aquesta interpretació.

Ella va somriure amb timidesa. No la vaig saludar amb un parell de petons a les galtes, com aquí tenim per costum, sinó amb una petita inclinació de la part superior del cos, com es fa al Japó. Em penso que li va agradar.

—Estudies aquí? —vaig preguntar, com si no ho sabés.

—Sí. Tu també?

—Sí —més sorpresa (falsa) per part meva—. És fantàstic, oi? I com estàs?

—Bé. I tu?

—Bé.

—Encara toques el piano?

—De tant en tant.

—Això està bé.

—Sí. El piano mola.

—Sí.

—I tu? Continues?

—Sí.

—Que bé.

—Sí.

—Sí.

Silenci incòmode. Incomodíssim. De sobte, no sabia què més dir-li. Ella em mirava, esperant.

Si la vida fos perfecta o s'assemblés una mica a la de les pel·lícules, cada cop que passa una cosa així hauria d'haver-hi una fosa en negre i un salt d'escena. Seria tot un alleujament, la veritat.

17

SI FOS UN TERTULIÀ DE LA TELE, EM FARIEN FORA AL PRIMER PROGRAMA

Heu vist algun cop aquests debats televisius en què tothom parla no importa de què i a ningú se li acaben mai les paraules? Jo al·lucino que es pugui parlar fins i tot quan no es té res a dir. A mi em passa exactament el contrari. Hi ha cops que hauria de dir alguna cosa i no em surt res. És com si els pensaments no es deixessin ordenar. És una sensació horrible. Ets davant d'una altra persona, algú espera que diguis alguna cosa i tu no trobes com fer-ho. I el pitjor és que sempre passa en les ocasions especials.

Per exemple, el dia que vaig retrobar la Keiko després de tantes setmanes de pensar en ella.

La part bona és que vaig aconseguir sortir del pas.

—Escolta, per cert —vaig atrevir-me a continuar—, fa molt que vull dir-te una cosa.

—Sí?

La trobava diferent. Com si alguna cosa no fos al seu lloc. No eren només els cabells. Potser la tristor? Era menys profunda? Havia desaparegut?

—Em sento fatal per allò que et vaig dir aquella tarda, després de la classe de piano. Vaig ser un imbècil. L'última cosa que volia era molestar-te. I encara menys que deixessis de venir. Ho feies molt bé.

Com a resposta, va somriure.

—Volia demanar-te perdó. I també volia dirte que m'agradaria que tornessis a classe. Em penso que l'Abraham et troba a faltar.

Hauria d'haver afegit: «I jo també», però no vaig atrevir-m'hi. Falta de pràctica, suposo. Ella semblava tranquil·la. Va acabar de recollir els seus llibres, va penjar-se la motxilla a les espatlles i em va dir:

—No t'amoïnis. No em vas molestar. Només vas fer que pensés.

Estava més enraonadora, més riallera. També més guapa (tot i que això era gairebé impossible).

—M'hauria agradat que tornessis a venir a casa meva a practicar.

—Tranquil, Albert —va fer—. Aquells dies estava molt deprimida. Acabava d'arribar, no podia concentrar-me. M'havien passat moltes coses. No hi donis tanta importància, de de...

Just en aquell moment va aparèixer el Pere. Es va aturar davant nostre i va dir:

—Anem a fer una pizza a l'italià de la cantonada. T'hi apuntes, Kei?

—D'acord —va respondre ella.

El Pere em va mirar, com preguntant-se qui era i què hi feia, allà. Ens havíem vist pels passadissos, a la biblioteca, a la cafeteria i en tots aquests llocs on tota l'estona et trobes a tothom. Ell era de segon de batxillerat científic, però ningú ens havia presentat ni havíem parlat ni una sola vegada.

—Hola, tio, jo soc el Pere —va dir, mentre passava un braç per damunt de les espatlles a la Keiko, com marcant territori o com dient: «Compte, tio, és meva, no t'hi acostis a més d'un metre».

Em va semblar que ella es posava vermella.

—Albert —vaig fer.

La Keiko va afegir:

—L'Albert va ser el meu primer amic aquí, així que vaig arribar.

Aquestes paraules van fer que el cor em fes un bot. No sé si de sorpresa o d'alegria.

—I ja no ho és? —va preguntar el Pere, amb cara de broma.

—Acabem de retrobar-nos —va explicar ella.

El Pere i jo vam encaixar les mans. La Keiko va ajupir-se per recollir alguna cosa que li havia caigut a terra i de passada va esquivar l'abraçada d'ell. No sé si ho va fer a propòsit o si li va sortir així.

—Encantat, tio —va dir ell—. Ho sento, però hem de marxar.

I se'n van anar caminant l'un al costat de l'altra, en trajectòries paral·leles. Ja sabeu: les línies paral·leles són les que avancen juntes però sense tocar-se mai, ni que vagin fins a l'infinit.

18

PODRIA SER UN BON DETECTIU PRIVAT

Les vacances de Nadal estan bé perquè et donen temps per fer un munt de coses. Per exemple, investigar a fons el nòvio de la noia que t'agrada. Ho vaig fer amb la màxima professionalitat, dedicant moltes estones a escombrar les xarxes socials i les fotos antigues de la pàgina web del meu nou institut. Va resultar que hi tinc traça. Em penso que m'hi podria dedicar, si això del cinema no em surt bé. L'Álvaro m'hi va ajudar, és clar.

Pere Martínez. 17 anys. Segon de batxillerat científic. 347 seguidors a l'Instagram (més de dues terceres parts dels quals són noies). No tenia Facebook i gairebé mai feia servir el seu compte de Twitter (l'últim missatge que hi havia penjat deia «Bon estiu!» i era de dos anys enrere). Capità de l'equip de futbol, on jugava des dels set anys, en diverses categories. Jugador, a més, de bàsquet i de waterpolo. Aficionat als gimnasos i a sortir de festa. Com a estudiant, no destacava en res. A l'Instagram hi penjava una mitjana de cinquanta fotos al mes. Les fotos eren de:

1) Ell mateix amb cara d'idiota fent coses idiotes.

2) Ell mateix amb cara d'idiota sense fer res.

3) Competicions esportives en què participava.

4) Menjar (sobretot hamburgueses i pizzes).

5) Festes (col·legues que s'assemblaven a ell, posturetes, tauleta d'abdominals i begudes alcohòliques).

Si per cada falta d'ortografia li haguessin tret una foto, no hi hauria hagut res per mirar. O el saldo hauria estat negatiu. De la Keiko, per sort, ni rastre.

L'Álvaro i jo vam passar-nos molta estona rient de les *selfies* del Pere. Si ens havíem de creure els seus comentaris a l'Instagram, era millor driblador que Messi, tenia més joc de peus que Pau Gasol i dins l'aigua era més ràpid que Michael Phelps. Estava enamorat dels seus bíceps, dels seus tríceps i dels seus abdominals, però també de músculs dels quals no havíem sentit a parlar mai, com l'ilíac (al qual dedicava molt de temps, pel que semblava). En algunes fotos, se'l veia al gimnàs, penjat de cap per avall, com un ratpenat a l'hora de la migdiada. I en altres fotos apareixia llevant-se la samarreta per presumir millor dels seus mèrits.

—Vull fer-me amic d'aquest paio —vaig dir a l'Álvaro quan vam acabar de veure les fotos.

—Ho dius de debò?

—Completament.

El meu millor amic es va allunyar una mica per mirar-me, aixecant les celles. A la pantalla del meu mòbil hi havia una foto del Pere gairebé en pilotes, només amb el banyador talla XS i el casquet de bany de l'equip de waterpolo, marcant més músculs dels que té una persona normal.

—I per què, estimat? Hi ha alguna cosa que m'hagis de dir? Em deixaràs per un altre? Per fi sortiràs de l'armari? —l'Álvaro feia veu de falset i es pixava de riure.

Fins i tot a mi em van venir ganes de riure. Ho vaig fer abans de posar-me seriós:

—Si em faig amic seu, podré veure més la Keiko —vaig dir.

L'Álvaro va començar a riure un altre cop.

—És el més idiota que has dit en tota la teva vida! I què en treuràs, de fer-te amic del Senyor Múscul perfectes? A més de fer el *pringat,* vull dir? El que has de fer és lligar amb la Keiko i a ell enviar-lo a cagar. Segur que amb tant entrenament ni tan sols té temps de sortir amb ella. Lliga amb ella i li trauràs un bon pes de sobre, així tindrà més temps per dedicar-se als seus bíceps, que són els autèntics i veritables amors de la seva vida.

Em va semblar una proposta impossible, però interessant. Vaig prometre a l'Álvaro que la tindria en compte.

—Pensa una estratègia, tio! Com quan juguem a *Team Fortress 2!* I fes el favor de començar a veure l'ampolla mig plena!

Aquí vam deixar el tema. Tots dos teníem ganes de fotre una pallissa a l'equip rival en el nostre joc preferit. I això va ser exactament el que vam fer.

19

ABANS SEMPRE VEIA L'AMPOLLA MIG BUIDA

Ho he dit en passat perquè vull canviar. Estic canviant. O penso canviar, tant se val. A partir d'ara vull deixar de veure sempre l'ampolla mig buida i començar a veure-la mig plena de tant en tant. Em temo que sempre he estat un pessimista. Els meus pares ja m'ho havien dit uns deu milions de vegades, però fins que el meu millor amic no m'ho va dir no vaig adonar-me que la cosa era greu. Necessitava, primer de tot, un pla. Segon, molta força de voluntat per seguir el pla. I tercer: una segona opinió.

Encara que no hagi sortit fins ara, tinc un segon millor amic, que de vegades és el primer.

Es diu Alejandro. Això de segon és només perquè viu a més de mil quilòmetres de distància. Si visqués al meu carrer, o almenys a la meva ciutat, seria més fàcil. Per sort, la nostra amistat compta amb el mòbil, l'Skype i els jocs en línia per mantenir-se en forma. L'Alejandro té un any menys que jo (fa tercer d'ESO), però és un expert en noies. Ha tingut nòvies (així, en plural) i, tot i que mai m'ho ha dit, em penso que els ha donat la mà, els ha fet tota mena de petons i moltes altres coses que no m'atreveixo a preguntar-li per no morir-me de l'enveja.

Com que sempre convé tenir l'opinió d'un expert, vaig decidir trucar-li per l'Skype per explicar-li amb detall el «cas Keiko» i saber què en pensava. Va escoltar-me amb la mateixa cara que fa el metge de l'esquena quan li explico on em fa mal. Fins i tot es posava la mà a la barbeta, feia que sí amb el cap i deia «hummm» i «ahà».

Quan va començar a parlar, es notava que sabia què estava dient:

—A veure. Primer de tot has d'aconseguir el seu telèfon i enviar-li missatges. Però de mica en mica, sense córrer. També has de clicar a «m'agrada» en totes les fotos que pugi a l'Instagram i, de tant en tant, fer-li algun comentari bonic, que no es vegi improvisat. Però compte, perquè si el seu nòvio el veu potser voldrà pegar-te o t'amenaçarà de fer-ho. T'arrisques molt.

—De fet, en això no. La Keiko no en té, d'Instagram —vaig dir.

El meu conseller experimentat va fer-me algunes preguntes:

—I aquesta Keiko, saps si és més aviat de sortir de festa a la nit o més aviat de quedar-se a casa? Perquè si és de quedar-se a casa ho tens malament, tio.

—Diria que no li agraden les festes —vaig dir—, però no estic segur que s'estimi més quedar-se a casa.

—Doncs ho has d'esbrinar, tio. Això és fonamental! El primer és esbrinar què li agrada i què no suporta. Però hi ha una cosa que has de saber i que no t'agradarà.

—I què és?

Jo havia agafat una llibreta i prenia apunts. Vaig anotar-hi el seu consell en lletres majúscules, perquè em va semblar boníssim. Això és el que em va dir:

—Em sap greu, però a les ties no els agraden els tios com tu.

—Com jo, com?

—Potser els agrada que els vagis al darrere, que insisteixis, que els diguis coses boniques, que les acompanyis, i tot plegat, però després et traeixen per darrere, se'n van amb un altre i et deixen tirat. Els agraden, sobretot, els tios amb cotxe. I a tu i a mi encara ens falta molt per tenir cotxe.

—És veritat.

—Per això no tenim sort, tio. Mentalitza't —tots dos fèiem to de gran injustícia—. Si aquesta Keiko no és mig extraterrestre, no tens cap possibilitat. A mi les noies, per ara, només m'han trencat el cor. Ja no n'espero res, d'elles.

Després de penjar la trucada, vaig quedar-me una estona pensant, desanimat. Un altre cop tornava a veure l'ampolla mig buida. O buida del tot. Em feia enveja, l'Alejandro, fins i tot amb el cor trencat.

Just en aquell moment la mare va cridar-me per sopar. Tot el passadís feia olor de truita, i això em va consolar. Menjar sempre em consola.

20

UN COP EM VAIG PASSAR TOTA UNA TARDA AL CARRER, DESCALÇ, AMB PIJAMA I AMB UN GAT A COLL

Bé, de fet no va ser tota una tarda. Només unes tres hores. I de fet, gran part del temps no vaig estar al carrer, sinó a casa dels veïns, que em van deixar entrar (a mi i al Poe). I ben bé tampoc anava descalç del tot, sinó que portava mitjons de llana. La resta és tot veritat.

Va ser com una pel·lícula de riure. Jo estava tot sol a casa, recuperant-me d'un refredat. Era al sofà mirant un documental sobre com funciona el cervell quan van trucar al timbre. Era un missatger que portava un paquet per a la meva mare (que es passa la vida comprant coses per Internet). Vaig baixar a obrir. El missatger no era gaire ràpid i va passar-se molta estona apuntant el meu nom i el meu número de document. El gat va aprofitar per escapar-se i amagar-se sota d'un cotxe que estava aparcat a la nostra mateixa vorera.

El missatger acabava de lliurar-me el paquet (que tenia forma de llibre i pesava com un llibre, així que devia ser un llibre). Vaig sortir a correcuita de casa, tal com anava (amb el pijama, sense les sabatilles, que s'havien quedat a dalt, al costat del sofà), i vaig agenollar-me a terra per buscar el Poe sota el cotxe. Era allà mateix i em mirava amb cara de sorpresa, o d'ensurt. Vaig començar a parlar-li:

—Poe, bonic, vine aquí, anem cap a casa, que fa fred.

Però ell no em feia ni cas. Llavors vaig sentir un so sec: «Cloc». La porta de casa s'havia tancat, i jo no portava claus.

Com si també el gat s'hagués quedat de pedra, se'm va acostar. El vaig atrapar per la cua i vaig estirar-lo. No li va fer cap gràcia i va deixar anar un meu d'enuig. El meu gat s'emprenya si li estiren la cua. Tant m'era. Més emprenyat estava jo.

—Ara per culpa teva estem tots dos a la banda equivocada de la porta —el vaig renyar, però es va quedar com si res.

Per sort els veïns eren a casa quan, deu minuts més tard, se'm va acudir trucar al seu timbre. Van ser ells qui van proposar-me avisar el pare des del seu telèfon. Estava clar que tampoc portava mòbil. Després de l'ensurt inicial, el meu pare va riure tant que crec que se li van passar les ganes de clavar-me una bronca. Mai hauria pensat que aquesta història absolutament ridícula i verídica em serviria per a alguna cosa.

Ara, mentre l'escric, recordo la tarda que la vaig explicar a la Keiko. Estàvem asseguts a la cafeteria del poliesportiu, tot esperant que el Pere sortís del vestidor. D'un dia per l'altre jo havia esdevingut el fan número u de l'equip de futbol de l'institut. De vegades coincidia amb la Keiko als partits, però no sempre. Quan hi coincidia, parlava sense parar, em penso que perquè no se'm notés com n'estava, de nerviós.

També perquè havia elaborat una llista amb algunes coses de mi mateix que volia que ella sabés. Li vaig explicar, per exemple, que volia ser director de cinema, que m'agradava rodar curts i que ben aviat obriria un canal a YouTube. Li vaig explicar allò de les muntanyes russes, o la meva passió per Miyazaki, o que m'agrada cuinar. En algunes coses, vaig seguir els consells de l'Álvaro. En d'altres, els de l'Alejandro. Aquella tarda la Keiko portava bufanda, barret i guants, tot de color blanc. Quan reia, ensenyava unes dents encara més blanques. Reia com no em pensava que podia arribar mai a fer riure una noia. Com no m'imaginava que pogués fer-ho precisament ella, la noia més seriosa que coneixia. Fins i tot plorava de riure.

De sobte, va eixugar-se un parell de llàgrimes amb un tovalló de paper i em va dir:

—Mai havia conegut ningú com tu, Albert.

I em va deixar tota la nit pensant què havia volgut dir.

21

ODIO EL FUTBOL

L'Álvaro no em creia, però és veritat: mai, en tota la vida, he vist un partit de futbol sencer. Odio el futbol, no l'entenc, no em diverteix. Mai he sigut de cap equip, mai sé qui guanya la lliga, ni la Champions, ni els mundials, ni si el Barça va bé o va fatal, ni res de res. No sé qui són els jugadors més famosos, ni d'aquí ni de fora. No sé de quin color són les samarretes dels equips més populars. No sé què és un fora de joc, ni quan cal xutar un penal. I per descomptat mai he volgut jugar en cap equip, ni de l'escola ni d'enlloc. La meva primera i única relació amb el futbol era aquella passió que m'havia vingut de cop i volta per l'equip de l'institut.

Per això de poc em moro quan una tarda en què era a la biblioteca estudiant història de l'art vaig veure que el Pere entrava i tot decidit venia cap a mi. Va aturar-se davant la meva taula i em va etzibar:

—Escolta, tio, podries jugar amb nosaltres aquest dissabte? No tenim porter i, tan gran com ets, segur que no ens ficaran ni mig gol.

Feia una estona que el veia discutir al passadís amb tres o quatre dels seus companys, membres de l'equip. Vaig saber després que tenien un problema: el porter estava malalt i no hi havia ningú que pogués substituir-lo. Estaven a punt de cancel·lar el partit quan, de sobte, em van veure a la biblioteca. De fet, era l'únic que encara era allà a aquelles hores i se'ls va acudir la idea brillant de fitxar-me. Jo no sabia on ficar-me.

—No en tinc experiència —vaig dir.

—És igual. Només has d'agafar la pilota quan vingui cap a tu.

—No puc. Tinc classe de piano —era veritat.

—Va, tio. No te la pots saltar? Anem primers! Si no juguem perdrem el lloc —va fer el Pere, amb cara de pena—. El nostre futur depèn de tu.

En aquell moment van entrar tres nois més, tots amb aquell aire d'atletes olímpics, i van envoltar la meva taula. Per un segon vaig imaginar-me una escena d'una d'aquelles pel·lícules de bandes juvenils on sempre trenquen el nas a algú.

—Està bé, d'acord —vaig dir.

Em van felicitar, van posar-se molt contents, van dir-me que l'endemà em durien l'equipament del porter que no podia jugar, per veure «si se'n pot aprofitar alguna cosa». Es deia Ramon. Vaig preguntar què li havia passat.

—És a l'hospital —van dir.

—Va lesionar-se? —mirava d'imaginar-me què podria passar-me a la meva nova vida de porter de futbol. Ningú semblava gaire predisposat a donar-me'n explicacions.

—Tant se val. És fotut —va fer el Pere.

La biblioteca estava a punt de tancar. Vaig recollir les meves coses, i ja marxava cap a casa quan el Pere em va dir:

—Demà tenim entrenament a les set.

—Demà? No puc, tinc teatre.

—No deus pensar jugar un partit sense haver entrenat amb nosaltres ni una sola vegada, oi? Hauràs de conèixer l'equip, almenys —va afegir el Pere, amb to poc amical.

Així va ser com vaig començar a transformar-me en allò que no era.

22

MAI SURTO SENSE CÀMERA

Fa molt que ho tinc per costum. Mai surto de casa sense la càmera. Com que és petita, tant puc portar-la a la motxilla com en una butxaca de la jaqueta. Així, si veig alguna cosa interessant, la trec i començo a gravar. Mai se sap on pot aparèixer una bona oportunitat. Quan vaig començar, tenia l'obsessió de fer una mena de pel·li autobiogràfica. Després me'n vaig cansar, perquè la meva vida era massa avorrida perquè interessés a ningú. Amb l'arribada del futbol a la meva vida, la meva autobiografia va fer un gir d'allò més interessant.

Vaig portar la càmera el dia del meu primer entrenament. Vaig començar gravant els meus companys d'equip fent ximpleries davant la càmera. Vaig gravar l'ambient dels vestidors, el bon rotllo que hi havia entre els membres de l'equip. També vaig gravar l'entrenador. El dia del partit, vaig gravar l'ambient del camp. L'eufòria del triomf. El Pere presumint d'abdominals i fent anar la samarreta com si fos una bandera. La meva pròpia eufòria, que tenia més a veure amb la sorpresa que amb l'entusiasme per l'esport (d'onze xuts a porta, en vaig parar nou; vam guanyar cinc a dos). Els nois de l'equip brindant al bar al qual vam anar després del partit. Jo no hi surto, en el brindis. Primer perquè estava gravant i segon perquè no bec res.

El diumenge següent vaig editar el vídeo. Vaig ficar tot allò que vaig poder en cinquanta-nou segons. Va quedar molt bé. El vaig penjar a l'Instagram i vaig etiquetar el Pere. Una estona més tard em va trucar.

—Ets boníssim, tio. El vídeo mola molt! —va dir-me.

—Gràcies.

—Un dia, podries fer un vídeo oficial de l'equip o alguna cosa així.

—És clar.

—I també podries fer-me un vídeo a mi, oi? Un que estigui bé, que agradi a les meves fans.

—En tens moltes, de fans?

—Algunes. Però amb un vídeo teu segur que me'n sortirien moltes més. Tu porta la càmera el proper partit, d'acord? I en comencem a parlar.

23

NO TASTO L'ALCOHOL

El que de debò mola a la gent és dir: «Jo bec molt, moltíssim. Un got així de gran de vodka a pèl. O dos, o els que calgui».

Però no és veritat. De fet, que no tasto l'alcohol tampoc és cert. Un parell de cops a l'any, per Nadal, o per l'aniversari de la meva àvia, em bec mitja copeta de cava. De vegades, faig un glop d'alguna d'aquelles cerveses estranyes que beu el pare els diumenges. També he tastat algun cop el whisky (em va semblar estrany), el licor de poma (força bo), l'anís (ecs), el vodka (crema), la ginebra (té gust de colònia), el conyac (massa fort), el vi negre i el blanc (pse). No es pot dir que sigui precisament un abstemi. I el pitjor de tot és que gairebé totes aquestes coses m'han agradat.

El que no m'agrada gens és beure fora de casa, ni en llocs públics, ni en qualsevol moment. Quan surto, sempre demano tònica o cocacola. Els meus amics demanen vodka amb llimonada, o vodka amb kiwi, o amb taronja, o amb llimona. De vegades penso que beurien vodka amb qualsevol cosa, fins i tot amb rentaplats. Jo, passo.

Tinc amics que fiquen vodka dins d'ampolles buides d'aigua i les porten a la motxilla, al costat dels llibres de l'escola. Tinc amics que beuen des dels dotze anys, i que ho diuen com si fos una cosa de la qual es pot presumir. Tinc amics que han acabat a l'hospital per beure massa. A mi els hospitals no m'agraden. Tampoc m'agrada infringir la llei. Ni cremar-me les neurones. Però jo, ja ho sabeu, soc un paio estrany. A la majoria de la gent els agraden, totes aquestes coses.

Durant la primera celebració al bar amb l'equip de futbol, el Pere va demanar cervesa per a tothom. Jo vaig demanar una cocacola.

—Va, Albert, no siguis avorrit. Té —i em va donar una ampolla de cervesa.

—No, gràcies —li vaig ensenyar la meva llauna vermella.

—Va, tio. De debò? No tens ganes de festa o què? Té —i va allargar-me la cervesa un altre cop.

El vaig mirar fixament, com per impressionar-lo. No va ser gaire difícil. Era més baixet que jo (tampoc gaire) i jo era el porter que havia parat nou gols d'onze. Estava en el meu millor moment i me'n vaig aprofitar:

—Tio, jo t'obligo a veure cocacola? Doncs deixa'm en pau, vols?

No va insistir-hi més. Però jo sabia que allò no s'havia acabat.

24

EL QUE MÉS M'AGRADA DE FER VÍDEOS ÉS EDITAR-LOS

Suposo que sabeu com es fa: s'ha de tallar en bocinets tot el material gravat, seleccionar-lo, descartar-ne les escenes dolentes, ordenar les millors, seleccionar efectes de transició per passar de les unes a les altres i afegir-hi els acabats finals: títols, rètols, músiques, efectes de so… Tot plegat m'agrada molt. Fins i tot m'ho passo bé fent els títols de crèdit. Hi ha uns quants programes que ho fan, és molt fàcil. És la meva part preferida.

El Pere havia decidit que el seu vídeo d'autopromoció a YouTube havia de durar uns deu minuts. Això volia dir que havíem d'aconseguir una mitja hora de material gravat per després quedar-nos amb el millor. Ell s'ho prenia molt seriosament. Va començar a perseguir-me per l'institut per informar-me de totes les seves activitats. Es trobava a ell mateix d'allò més interessant. Estava convençut que el món necessitava conèixer-lo com abans millor.

—Demà tinc un partit de waterpolo —em deia—. Si vens, et puc colar dins els vestidors perquè gravis l'ambient. Així es veurà com tots els companys d'equip m'aprecien.

O bé:

—Has de venir a gravar l'entrenament de bàsquet d'aquesta tarda. A la penya li agradarà veure com és un dia normal a la meva vida, no creus?

Jo li deia que sí a tot i feia com si estigués gravant un documental sobre una estrella de l'NBA. Vaig anar a un munt de partits, em vaig empassar molts entrenaments, però no se'm va fer gens pesat. La raó? Perquè la Keiko venia amb nosaltres. Aquells dies semblava molt enamorada del Pere. Mentre el seu nòvio entrenava, i en les pauses de la gravació, ella i jo parlàvem de moltes coses. Tot sovint també la gravava a ella. Asseguda a les grades, mirant el seu nòvio. O distreta mirant la pantalla del seu mòbil. O prenent un refresc a la cafeteria. O somrient-me i dient: «Deixa de gravar, que em fas posar nerviosa».

Un cop a casa, editava els vídeos. Separava les imatges de la Keiko i les anava ficant dins una carpeta. Les del Pere les posava en una altra. Quan vaig acabar de recuperar tot el material, tenia 32 minuts del Pere i 167 minuts de la Keiko. Vaig fer dos vídeos. Al Pere li va agradar molt el seu. Se'l veia com un astre de l'esport, amb el seu banyador minúscul, marcant músculs, parlant a càmera de tant en tant, encistellant pilotes de tres punts, sempre molt segur de si mateix. Es comportava com una autèntica estrella. S'ho creia molt. Va pujar el vídeo a YouTube de seguida i en només una setmana va tenir un munt de visualitzacions.

L'altre vídeo no el vaig ensenyar a ningú ni el vaig pujar enlloc. Estava dedicat tot sencer a la Keiko. Em va costar molt triar les millors escenes, perquè totes em semblaven bones. Vaig decidir fer una fosa a negre per separar unes escenes de les altres. De fons, vaig posar la versió per a piano sol d'*Imagine,* de John Lennon. També va tenir un munt de visualitzacions, totes meves.

25

APRENC AMB RAPIDESA

—M'he adonat que graves molt la Keiko. Què passa? T'agrada?

El Pere podia ser molt desagradable, si volia.

—La Keiko i jo som amics —vaig mentir.

—Però és guapa, eh? Reconeix-ho.

—És clar. És evident.

Va somriure, orgullós, abans de dir:

—Està bé. Grava-la si ella et deixa. Però no t'oblidis —em va posar un dit índex sobre el pit— que és la meva nòvia.

De vegades anava de comprensiu i de bon amic. Gairebé sempre després dels entrenaments, mentre tornàvem a casa.

—Estic preocupat per tu, Albert. Mai et veig amb cap noia. No tens nòvia?

Vaig fer que no amb el cap.

—Però n'hauràs tingut alguna.

Vaig fer que no un altre cop.

—Però t'agraden, les noies?

Vaig fer que sí.

—Llavors, tens un problema, tio. Segur que encara ets verge, oi que sí? —amb un gest li vaig donar la raó—. És clar! M'ho imaginava! Escolta, tio, això no pot ser. Ho hem de resoldre. Jo t'hi puc ajudar. D'aquí a sis mesos com a màxim, tot haurà canviat, ja ho veuràs. El primer que has de fer és canviar de pentinat.

—Què li passa, al meu pentinat?

—És massa... Formal... Convencional... Avorrit... Portes el pentinat que portaria un tio verge. Tu has vist com duen els cabells els futbolistes? Doncs ells són el teu model a seguir! T'has de rapar alguna cosa, deixar-te un tros llarg, potser tenyir-te el serrell... Que quan les ties et vegin, sàpiguen que tens personalitat. Els cabells són molt importants. No pots lligar, amb aquests cabells, tio.

Jo l'escoltava atentament, mentre aprenia un munt de coses. De vegades em feia venir ganes de riure, però continuava escoltant-lo molt seriós.

—També has de pensar què diràs a les noies quan vulguis lligar amb elles. Segur que mai ho has pensat, oi? És clar, els que encara sou verges sempre us penseu que ho sereu fins que us moriu. Però tu ets amic meu, i els meus amics no moren verges, ho sabies? El que has de fer és tenir preparades dues o tres frases boniques, però boniques de debò, ho has entès? Els hi has de dir quan no s'ho esperin, per descol·locar-les. Una tia descol·locada ja és mig teva, no ho oblidis. Frases sobre el color dels seus ulls, o sobre el que ella et fa sentir quan la mires, o sobre les coses estranyes que fas des que estàs boig per ella. Coses així. Aquestes coses mai fallen, tio. Però les has de dur preparades, tio. Perquè davant seu potser et poses nerviós i acabes semblant un imbècil. I després, li fas un petó. Renta't primer les dents, d'acord? Millor dues vegades. Les ties són molt maniàtiques amb la neteja. També hauries de preocupar-te una mica per fer bona olor. La colònia està molt bé, però no per dissimular la ferum d'aixella. I no n'abusis: no et posis un litre de colònia. Tot ha de ser en la mesura justa. Quan li facis un petó, ha de ser de cop i volta, perquè no tingui temps de pensar. I si no t'empeny, ja has guanyat! Paraula d'expert!

Jo me l'escoltava molt atentament, mentre el meu cervell prenia nota de tot. La veritat és que el Pere es preocupava de mi, a la seva manera, i jo li agraïa els consells. Em quedava amb tot, sense oblidar-me'n ni un detall. Soc ràpid aprenent.

De vegades el Pere era un imbècil autèntic. Un paio que t'hauria agradat no conèixer.

—Prem el *play*, Albert! Vols gravar la millor escena de la teva vida?

Li vaig fer cas. *Play*. Gravant.

El Pere va agafar la Keiko per la cintura i se la va acostar cap a ell. Després li va fer el petó més llarg i més retorçat que he vist a la meva vida. Van estar així deu, vint, trenta segons sense parar mentre jo, que m'havia quedat com paralitzat, me'ls mirava. Vaig pensar que la Keiko no ho voldria, que li diria que parés, però no ho va fer. Va aguantar fins al final, i potser hauria aguantat encara més si el Pere no hagués acabat de cop, per mirar-me amb molta superioritat i preguntar-me:

—Què, senyor director? T'ha agradat?

26

ESTIC EN DEUTE AMB EL MEU PROFESSOR D'HISTÒRIA DE L'ART

La idea va ser de l'Hèctor, el meu professor d'història de l'art. Un boig del cinema que en els seus anys de facultat també rodava curts i fins i tot algun llargmetratge. Va arribar a presentar les seves pel·lícules en festivals independents i fins i tot va conèixer algun director famós, que per aquell temps estava començant. Tot això m'ho va explicar un dia en sortir de classe.

—Em recordes a mi quan tenia la teva edat —em va dir.

Uns dies més tard va presentar-se amb un full de paper que havia tret d'Internet. «Concurs de curtmetratges documentals per a directors de menys de 18 anys», deia a l'encapçalament. El premi era l'estrena de la pel·li en un festival de curtmetratges molt famós que se celebrava en no sé quin poble del nord de França. També s'estrenaria un canal de televisió per cable.

—Ara, amb tants canals nous, tothom busca talents. És una bona oportunitat per donar-te a conèixer —va deixar el full sobre la meva taula i va afegir, com si busqués acabar d'animar-me—: Si t'hi presentes, t'apujo la nota un punt. Pensa-t'ho.

No m'havia de pensar res. La idea m'agradava des del primer moment. Vaig començar a tenir unes mil idees per segon. Se'm va acudir un tema, un títol, una seqüència d'inici. Després vaig pensar que tot allò estava malament i vaig inventar un altre títol, un altre arrencament i un altre enfocament per al mateix tema. Vaig començar aquella mateixa tarda a dibuixar-ne *l'storyboard.* El vaig trencar tot. Vaig tornar a començar. Quan me'n vaig anar al llit, estava tan fet un embolic que em va costar molt adormir-me. No podia decidir quina era la millor escena d'arrencament. Cada cop que decidia com havia de ser, n'apareixia una altra que m'agradava més. L'única cosa que tenia clara era que em volia presentar al concurs. I que havia de començar a rodar com abans millor.

Les bases deien que les pel·lícules no podien passar dels vint-i-cinc minuts de durada. El termini de lliurament acabava en tres mesos. Les pel·lícules havien d'estar subtitulades en francès si estaven rodades en una altra llengua. També hi havia especificacions tècniques: format, formes d'enviament... Tot era al·lucinant. Fins aquell dia, no tenia ni idea que aquella mena de concursos existien. I encara menys havia pensat que jo podia presentar-me a algun.

L'endemà vaig dir a l'Hèctor:

—De debò creus que ho puc fer?

Va posar-me una mà a l'esquena i va contestar:

—L'única cosa que necessites és prendre-t'ho seriosament. Començant per prendre't seriosament a tu mateix. Quan aconsegueixis actuar com un autèntic director de cinema, ho seràs.

A la vida tot és competició. Les bases enemigues, el partit del dissabte, el millor paper a l'obra de teatre, la noia que t'agrada, el premi del festival de curtmetratges... Hi ha un munt de coses que vols aconseguir, i sempre hi ha altres candidats disposats a intentar-ho. Potser et semblen millors que tu, però sovint la diferència només rau en les ganes que hi posa cadascú. Tothom té talent. Tothom pot ser el primer en alguna cosa. Però molt pocs estan disposats a treballar dur per aconseguir-ho.

27

ENCARA SOC UN *PRINGAT*

—Et puc demanar un favor?

Era la Keiko. Al bar del meu edifici, a l'hora del pati dels de batxillerat. El Senyor Músculs no havia vingut amb ella.

—Què hi fas, aquí? —vaig preguntar—. No tens classe?

—Hi havia excursió però jo no hi he anat —va dir, i sense donar-me temps a preguntar res va afegir—: Pots parlar amb la meva mare perquè em deixi sortir divendres?

—Sortir, a on?

—Diu el Pere que després del partit anireu al Before. Vol que vagi amb ell.

—I per què no li ho demana ell?

—A la meva mare no li agrada, el Pere —va

abaixar la mirada—. Si li ho demanés ell, no m'hi deixaria anar.

—Ah, ja ho entenc. I t'estimes més que l'enganyi jo.

—No la vull enganyar! Tu també vens!

—Ah, sí?

Va quedar-se descol·locada.

—No penses venir?

—No ho crec. No m'ho passo bé sortint amb aquells. A més, el Before no m'agrada.

Va obrir els ulls com unes taronges:

—No t'agrada, el Before?

—No. A tu sí?

—No ho sé. No hi he anat mai, però diuen que és al·lucinant.

No li vaig dir que no podia ni plantejar-me entrar-hi. Que l'edat màxima per als tios era de disset anys i que jo ni tan sols arribava als setze. Però és clar, encara no li havia explicat que soc el més jove de la classe i per quina raó. No era un bon moment ni el lloc més oportú per parlar de tantes coses complicades. Com si m'hagués llegit el pensament, va dir:

—El Pere diu que m'hi colarà.

—Encara no tens els setze?

—Em falten dos mesos, però diuen que són molt estrictes. El Pere diu que no pateixi, que ja hi ha colat abans altres persones. Que hi entrarem segur.

Estava realment sorprès. La Keiko que jo coneixia no tenia res a veure amb aquella nova Keiko que pensava a entrar en una discoteca sense tenir l'edat legal.

—A més —va afegir, com per justificar-se— dos mesos no són res, oi? És com si ja en tingués setze.

Vaig pensar que m'agradava més la Keiko d'abans. La que feia veure que no sabia tocar a les classes de piano, la que gairebé no parlava, la que semblava diferent de les altres noies.

—És il·legal —vaig dir.

—Ja ho sé... però només una mica, no creus? A més, diu el Pere que hi anirem divendres i no dissabte perquè hi ha menys policia. Es veu que els dissabtes controlen més i de vegades precinten.

No em vaig molestar a contestar. Em pensava que la Keiko era més llesta. També vaig passar d'intentar convèncer-la que no fes cas en tot a l'imbècil del seu nòvio. Però és clar, ella el veia com un heroi. L'heroi que infiltrava noies menors d'edat a les discoteques. Ja us ho he dit, els *pringats* portem sempre les de perdre.

Ja que no hi podia fer res més, vaig aprofitar-me una mica de la situació:

—D'acord —vaig dir—, parlaré amb la teva mare.

—Gràcies, gràcies, gràcies —va dir, fent saltirons d'alegria.

—Però a canvi vull una cosa —vaig afegir.

Va posar-se molt alerta, va arrufar el front:

—Quina cosa?

—Que vinguis a casa per tocar el piano. I que me n'ensenyis una mica.

—Només això? —l'expressió de malfiança se li va esborrar de la cara.

—Només això.

Justament en aquell moment va sonar el timbre.

—Me n'he d'anar —vaig dir—. Tinc examen de llengua.

—Espera —va sospitar—. D'acord. Vindré. Després que parlis amb la meva mare.

—D'acord. Quan li puc trucar?

—Trucar? No, no, no. És molt millor que

vinguis —va dir, sortint de la cafeteria—. A la meva mare no li agrada parlar per telèfon i encara menys d'aquestes coses. Et va bé venir aquesta tarda a les quatre? Té —va donar-me un llibre—, fes veure que vens a tornar-me'l, així tot semblarà més natural. A dins hi ha un paper on he escrit la meva adreça. Ens veiem més tard! I gràcies! —i va desaparèixer fent saltirons pel passadís.

Vaig mirar la coberta del llibre. Es titulava *Com parlar japonès en tres setmanes sense esforç*. Semblava interessant. Potser li donaria un cop d'ull i tot.

Vaig pensar que el llibre que jo necessitava potser no existia. Vaig pensar que el podria escriure jo, basant-me en la meva pròpia vida. Es podria dir: *Com deixar de ser un pringat.*

28

EN UNA ALTRA VIDA VAIG SER JAPONÈS

—Quina alegria veure't, Albert! Quant temps feia? Des de l'estiu? No m'ho puc creure! Si fins i tot sembles més alt. Com va el curs nou? No sabia que estàveu al mateix institut, tu i la Keiko! Has vingut a veure-la?

—De fet, he vingut a tornar-li aquest llibre —vaig mentir—. Me'l va deixar la setmana passada.

L'Àngela va donar un cop d'ull al llibre. Va somriure.

—Estàs aprenent japonès?

—*Hai, soodesu* —vaig respondre. És a dir: «Sí, és clar».

Va quedar-se impressionada (em penso que la Keiko també).

—Caram! Ja ho veig, que sí. Això és fantàstic, perquè la Keiko o jo t'hi podem ajudar. Sobretot, ella. Jo soc com tu, una *gaijin.*

Gaijin en japonès vol dir «persona d'un país estranger».

—Sí, ja m'hi està ajudant molt —vaig mentir un altre cop.

De fet tot el que sabia de japonès ho havia après per mi mateix, amb el llibre de la Keiko, molta paciència i algunes hores.

—Llavors —va dir l'Àngela com si em desafiés—, *nihon no bunka ga suki desu ka?*

No em pregunteu com, però la vaig entendre. Potser va posseir-me l'esperit d'un escriptor de haikus del segle XV. Potser de tant mirar pel·lícules de Miyazaki una part del meu cervell s'ha tornat japonesa. O potser en una altra vida he estat cuiner de *yakisoba* a Kyoto, tant se val, de vegades les coses que passen són un gran misteri. Vaig entendre que l'Àngela m'estava preguntant si m'agradava la cultura japonesa. I el cas és que li vaig dir sense dubtar ni un segon:

—*Mochiron desu* —és a dir, «moltíssim».

Va somriure de nou. Havia preparat te verd i el va servir a la taula de la cuina. Vam seure tots tres al voltant de les tasses sense nansa.

L'Àngela va dir:

—Queda't el llibre una mica més. Em penso que li trauràs més profit que jo. Sabies que era meu? —vaig fer que no amb el cap—. Em va anar molt bé quan vaig arribar a Tòquio, abans que la meva filla naixés. Caram, quina sorpresa! La Keiko no m'havia dit res que estudiaves japonès. Ja deus haver notat que no parla gaire amb mi, oi? Bé, suposo que com totes les noies de la seva edat. Segur que tu tampoc parles gaire amb els teus pares, veritat? El tercer capítol del manual d'instruccions d'un adolescent s'hauria de dir: «Mai comparis un adolescent amb tots els adolescents». I això és el que diria: «Has de saber que hi ha molts tipus adolescents, que ells ho saben més bé que tu i que dir aquesta mena de coses només posa en evidència la teva ignorància i fa que el teu fill o la teva filla se senti fatal».

Vam parlar durant una bona estona, perquè no va ser gens fàcil convèncer l'Àngela que deixés sortir la Keiko divendres fins tard. De la nostra conversa, vaig deduir algunes coses d'ella:

1) Que formava part d'aquesta categoria de persones adultes que no té ni idea del que fa, pensa o vol la seva filla.

2) Que estava convençuda d'un munt d'idees equivocades, com ara que la Keiko i jo érem mig nòvios o que el Before era una discoteca especial per a menors d'edat o no hi podia passar res de dolent ni perillós.

3) Que no tenia ni idea de qui era el Pere i què tenia a veure amb la seva filla.

4) Que estava disposada a creure's qualsevol cosa que jo li expliqués.

Igualment, em sentia fatal per participar en tot allò.

—D'acord. La deixo anar només perquè tu hi vas —va dir-me—, però a canvi et demano un favor.

La vaig escoltar amb molta atenció. La Keiko començava a sentir-se incòmoda.

—Cuida-la, si us plau. La Keiko és molt més innocent que la gent de la seva edat que sempre heu viscut aquí. I encara està molt descol·locada.

La meva amiga va protestar:

—Mare, si us plau. És necessari, això?

—M'ho promets? —va preguntar l'Àngela, mirant-me als ulls.

—T'ho prometo —vaig dir, amb tota sinceritat—. Tindré cura d'ella.

—Llavors estic tranquil·la —va concloure, abans d'afegir, mentre aixecava la tassa de te i proposar un brindis: *Kanpai!*

La Keiko i jo vam fer dringar les nostres tasses de te i també vam dir:

—*Kanpai!*

Podria haver dit a la mare de la Keiko que no s'havia de fiar de mi, perquè ni tan sols sabia tenir cura de mi mateix, però en aquell moment encara no ho havia descobert. També podria haver-li dit que estava enamorat de la seva filla fins al moll de l'os i que estava disposat a fer qualsevol cosa que ella em demanés, fins i tot dir mentides a algú que em queia bé.

En sortir de casa seva, la Keiko va mirar-me amb admiració.

—Ets al·lucinant, Albert! Ets *saiko!* —va dir.

—T'espero dissabte per tocar el piano —va ser la meva resposta.

Segons les meves les cerques per Internet, *saiko* és una paraula que fan servir, sobretot, els joves japonesos. Vol dir, si fa no fa, «el millor».

29

LES RATXES DE BONA SORT EM DUREN DUES SETMANES

El partit dels divendres a la tarda va demostrar que les meves ratxes de bona sort duren dues setmanes, que era el que havia passat d'aquella primera victòria en què ho vaig parar gairebé tot i sense esforç. Ara, de cop i volta, la sort m'havia abandonat. Vam perdre contra un equip que ni tan sols era dels millors del campionat. Ens van clavar onze gols. Dels dotze tirs a porteria que van llançar, només em vaig saber parar un. Els altres van entrar com si no hi hagués ningú per impedir-ho. Els membres del meu equip cridaven:

—Què et passa, Albert? Salta, tio! Fes alguna cosa! Espavila't!

Era com si m'haguessin passat de sobte els efectes d'una poció màgica. Tornava a ser l'Albert maldestre de sempre.

Una derrota d'11 a 1 és més que una derrota: és una humiliació. A mi no és que em sabés gaire greu, però el Pere estava emprenyadíssim amb mi. Ni tan sols em dirigia la paraula quan ens vam trobar en sortir del vestidor.

—Més tard sortirem, però avui no tenim res a celebrar —va dir.

—Qui comprarà les begudes? —va preguntar algú.

—L'Albert —va dir el Pere, sense dubtar—. Serà el seu càstig per fer-nos perdre.

—No et passis amb ell, tio —va murmurar un altre.

I un tercer se'm va oferir:

—Jo t'hi acompanyo, Albert.

Van fer una col·lecta. Quatre euros i mig per persona. Alguns van pagar el doble, perquè vindrien amb la seva nòvia o amb la seva germana. De sobte vaig trobar-me amb un munt de diners a la butxaca.

—Compreu aquella ginebra que té gust de núvol de maduixa —va demanar algú.

Jo no tenia ni idea de què estàvem parlant però el meu company era un expert en el tema. Es deia Carles, anava a la mateixa classe que el Pere. Ho havia fet un munt de vegades.

—Quedem al supermercat? —vaig preguntar, un altre cop en el meu paper de *pringat.*

—Al supermercat? Però què dius? Allà demanen el carnet. Només hi anem quan algun germà gran hi pot entrar a comprar. Algú de més de divuit anys. Si no, anem al basar xinès. Quedem allà a tres quarts d'onze, d'acord?

—Tan tard? —em vaig estranyar.

—Tanquen a les onze. Tenim temps de sobres.

—De sobres per a què?

—Per comprar-ho tot i arribar al Before a dos quarts de dotze, que és quan obren.

Tenia fred, em moria de son, no em venia de gust sortir, no tenia ganes de veure el Pere. Però m'havia transformat en el noi dels encàrrecs. A més, havia promès a la mare de la Keiko que tindria cura de la seva filla. Definitivament, la meva ratxa de bona sort s'havia acabat.

30

ELS MEUS PARES NO SÓN COM ELS DELS ALTRES

Vaig passar per casa a dutxar-me. Vaig dir als pares que havia quedat per sopar i per veure un partit de futbol —per sort no em van preguntar quin partit— amb la gent de l'equip. El meu pare havia fet un parell de pizzes (li surten molt bones) però jo no tenia gana. Em penso que estava nerviós. Vaig dir que ja em menjaria un entrepà al bar, durant el partit. Els pares estaven sorpresos de veure la transformació del seu fill: de superdotat a *hooligan.* Per bé que si haguessin conegut els meus autèntics plans s'haurien espantat encara més.

Abans de sortir, la mare va posar-me deu euros a la butxaca.

—No surtis sense diners, fill —va dir-me a cau d'orella, i em va fer un petó a la galta—. I ves amb compte.

—No pateixis —vaig contestar.

—Vols prendre't un got de llet? —va preguntar ella (les mares són com les farmàcies de guàrdia: treballen les vint-i-quatre hores del dia).

Per sort el meu pare va intercedir:

—Ja t'ha dit que soparà fora. Deixa'l que marxi.

Vaig trobar-me amb el Carles davant del basar xinès. El mateix on la mare acostuma a entrar de tant en tant i mai en surt sense una carmanyola, una bombeta o una capsa de cargols.

—No sabia que hi venien alcohol, aquí —vaig comentar.

—El tenen sota el taulell. S'ha de demanar. I si algú pregunta no podem dir que l'hem comprat aquí o la policia els tancarà el negoci. La part bona és que és barat —va dir el Carles, acostant-se al taulell per demanar de memòria tot el que necessitava: vodka blau, vodka vermell, vodka negre, rom Almirante, ginebra Sheriton (de maduixa i normal). D'algunes coses en volíem més d'una ampolla. Després, els refrescos per barrejar: cola, taronja, llimona, kiwi, maduixa... En total, quinze ampolles. El senyor xinès que ens despatxava les va ficar en dues caixes de cartró. Vam pagar amb el fons comú i ens en van sobrar un parell d'euros. Estava clar que el Carles sabia molt bé el que es feia. En sortir ens va dir adeu un gat daurat que movia el braç amunt i avall sense parar.

Vam sortir al carrer carregats com camàlics. Feia un fred que pelava. Començava a entendre què havia volgut dir el Pere quan havia dit que allò era un càstig per haver perdut el partit.

Em preguntava com recorreríem la gran distància que ens separava del lloc on havíem quedat amb la resta del grup quan el Carles va dir:

—El meu pare ens porta en cotxe.

El seu pare ja ens esperava a la cantonada.

—Avui us ha tocat a vosaltres fer la compra, xavals? —va preguntar amb alegria mentre donava un cop d'ull al contingut de les caixes—. Caram, ja veig que agafareu un bon pet!

Va portar-nos fins a l'esplanada de terra i arbres que hi ha al davant del Before. El Carles va explicar-me que mai quedaven just davant de la discoteca, perquè hi havia molta llum, sinó en un lloc força més apartat i fosc, pel qual la policia «no acostuma a passar gaire sovint».

—I què passa si ve la policia? —vaig preguntar.

—Doncs tothom a córrer! —va dir.

Efectivament, el lloc on vam arribar era fosc i estava apartat. Hi havia cotxes aparcats amb la música a tope i les portes obertes. La gent s'hi apilonava al voltant. Els nostres col·legues encara no havien arribat.

El pare del Carles va quedar-se una estona amb nosaltres, perquè no haguéssim de sortir encara del cotxe ni passéssim fred.

—A quina hora us vinc a buscar? —va preguntar.

—Ens quedarem fins al final —va fer el Carles—, oi que sí, Albert?

«Fins al final», ho vaig saber després, era l'hora de tancament del Before. És a dir, les sis del matí.

—Jo no hi entraré —vaig dir—. Només m'hi estaré una estona.

—No hi entraràs? —el pare del Carles semblava molt estranyat amb aquella notícia—. Com és, això?

—Perquè no puc. No tinc l'edat —vaig respondre.

Va deixar anar una riallada que em recordava la dels dimonis de les obres de teatre nadalenques.

—I aquest fill meu encara no t'ha fet un dels seus carnets? Carles, fill, aquí tens un client! Aprofita-ho!

El pare del Carles s'ho passava bé, amb allò. Jo no entenia de què parlaven.

—Què vol dir, que no tens l'edat? —va preguntar el meu company—. Però tu no feies batxillerat?

Ja us ho he dit, la història de la meva vida: em va tocar explicar un altre cop el mateix de sempre. Que vaig saltar-me segon, que tinc altes capacitats només per a algunes coses, que soc el petit de la classe, de totes les classes on he estat. I les reaccions del Carles i el seu pare també van ser les mateixes de sempre.

—Ostres, tio, que al·lucinant! Mai havia conegut un superdotat! —va dir el Carles—. I saps calcular coses a tota pastilla?

Per sort el seu pare va evitar-me l'haver de contestar:

—Demana al meu fill que et coli dins la discoteca, xaval. No et quedis fora! Semblaràs el desterrat del grup! —va dir, com si li fes llàstima, com si la meva situació fos terrible i ell se n'adonés.

—Tu m'hi podries colar? —vaig preguntar.

El Carles va somriure amb suficiència, com es fa quan parles amb un *pringat.*

—I tant! Per cinc eurets de no res, ha, ha —va dir.

—Com?

—T'arreglaré el carnet d'identitat perquè et deixin passar.

—M'arreglaràs?

—T'hi canviaré la data de naixement. La setmana vinent tindràs disset anys i ningú podrà deixar-te fora.

—I si ho noten?

—El Carles és un geni —va explicar el seu pare, entusiasmat—. Quan arregla carnets, no es nota gens. Si sabessis la de gent que ha arribat a colar-hi just davant dels nassos del vigilant de seguretat!

El Carles va continuar:

—Dels cinc euros, tres són per al material i dos per la meva feina. El pagament és per endavant.

El pare del Carles somreia amb satisfacció, com si estigués molt orgullós dels negocis del seu fill. Llavors jo vaig fer la pregunta que em convertia (si és que ja no ho era) en el *pringat* oficial del grup:

—I això de canviar la data del carnet no és il·legal?

Tots dos van riure.

—Va, tio —va dir el Carles—. Tothom ho fa!

Començaven a arribar els nostres col·legues de l'equip, així que vam acabar la conversa. Vaig prometre que em pensaria tot allò del carnet. El pare del Carles va acomiadar-se tan content com havia estat la resta de l'estona, amb un desig en veu alta:

—Mireu d'acabar la nit en posició vertical, nois.

Durant uns quants minuts vaig preguntar-me què farien els meus pares si em veiessin sortir de casa amb dues caixes de cartró plenes d'alcohol del més barat. Què farien si sabessin que em dedico a falsificar documents d'identitat als meus companys i que, a sobre, cobro per fer-ho. Vaig arribar a la conclusió que no farien el mateix que el pare del Carles. També vaig preguntar-me què faria jo si fos pare d'algú com el Carles o com jo. Vaig arribar a la conclusió que ser pare és fotut i que el millor deu ser no tenir mai fills.

Durant una estona vam escoltar música al mòbil d'algú. M'avorria una mica i vaig treure la càmera per aprofitar i gravar unes quantes escenes. Malgrat la foscor, les imatges sortien bé en pantalla. Una lluerna al mig de la nit (el telèfon il·luminat) i al voltant, deu o dotze cares que semblaven espectres. La música se sentia llunyana, però vaig pensar que aquest detall l'arreglaria quan editès el vídeo. De sobte algú va preguntar:

—Comencem a beure o què? Així potser ens escalfarem una mica.

Al mig dels peus de tots nosaltres hi havia les quinze ampolles. Esperaven.

31

US HE MENTIT

Tornem enrere. Només un moment. Ho recordeu, això?:

«Porta cap aquí aquest got! L'omplirem de vodka perquè l'Albert se'l begui d'un glop. Va, Albert, ho has de provar, no pots ser un *pringat* tota la vida. Va, amb dos collons! Si no passa res! Així et respectarem d'un cop! Així veurem que no ets tan marieta com sembles! Ho veieu? Ja us ho deia, jo. No s'hi atreveix! Va, Albert, si te'l beus tot sencer et donarem vint euros! I deu si te'n beus mig. Tampoc? No ets capaç de veure-te'n ni mig got? Quin gallina, tio! Quina vergonya!»

Us he mentit. O, almenys, us he amagat una part de la veritat. I potser ara us decebré si us explico la part que no sabeu. Pensàveu que vaig aguantar, oi? Que vaig enviar el fatxenda del Pere a cagar i vaig deixar el got de vodka intacte? Que vaig mantenir-me en els meus principis i els meus costums? Que no vaig picar com un idiota davant les seves amenaces i els seus insults? Doncs us equivoqueu. Vaig beure'm el got d'una tirada, exactament com ell m'havia demanat. Un quart de litre de vodka a pèl i a temperatura ambient. Estava fastigós. Abans, però, vaig connectar la càmera, la vaig donar a la Keiko i li vaig demanar:

—Grava.

—Però per què vols...? —va protestar ella.

La vaig interrompre:

—Tu grava.

Tots van mirar-me en silenci, com si veiessin un funàmbul caminant sobre la corda fluixa. La Keiko aguantava la càmera a menys d'un metre de mi. Segur que a les imatges se'm podia veure fins i tot la nou del coll pujant i baixant a cada glopada. I al darrere meu, les cares espantades dels amics. Quan vaig acabar, vaig deixar el got d'un cop i vaig dir a la meva amiga:

—Ara prem *stop*.

Vaig trobar a faltar uns aplaudiments finals. El Pere va clavar-me una mirada desafiadora; jo vaig aprofitar per ensenyar-li el palmell de la mà oberta a pocs centímetres del seu nas i reclamar-li el seu deute. No sé d'on vaig treure el valor per fer-ho, perquè tota l'estona vaig pensar que em clavaria un cop de puny. El cas és que m'era igual.

—Els meus vint euros —vaig dir.

Els altres van començar a riure. El Pere no va moure ni un múscul.

—No pensareu que ho deia de debò? —va fer, per no haver de pagar.

—És el que has dit —vaig insistir, i vaig assenyalar els altres—. Hi ha testimonis.

—És cert, tio, li ho has dit —va dir algú de l'equip—. Vint si s'acabava el got i deu si només…

—Prou que sé el que he dit, gràcies! —va tallar-lo ell, mentre es treia de males maneres una bitlletera de la butxaca del darrere dels texans.

Em va donar l'únic bitllet que portava sense deixar de mirar-me amb aquells ulls de fura. Després va començar a caminar cap a la porta il·luminada del Before, que brillava com l'entrada de la gruta d'Alí Babà.

La Keiko va quedar-se un moment més al meu costat. Se la veia espantada. Va retornar-me la càmera i em va preguntar:

—Et trobes bé?

De seguida vam escoltar la veu del Pere, que la cridava:

—Keiko! Vens o què?

—Anem? —va preguntar-me ella.

—Ves tirant. Ara vinc —vaig mentir.

No semblava gaire convençuda.

—Tu has estat dins alguna vegada?

Vaig pensar la resposta. La gent de la meva edat valora molt que vagis a certs llocs i que facis certes coses. Anar al Before et converteix en membre d'un grup d'enrotllats. Tios grans que saben el que volen. Una cosa així. Molava.

—Jo? Mmm… —dubtava si dir qualsevol cosa o dir la veritat.

—És tan al·lucinant com diuen? —va preguntar ella de nou.

—Depèn del que t'agradi. Jo no soc gaire de discoteques —vaig gosar dir.

—Jo tampoc —va reconèixer ella—. De fet, és el primer cop que entraré en una.

En el fons la Keiko era com jo. Una noia

diferent. Només que no li agradava ser-ho i s'esforçava al màxim per transformar-se en una altra cosa.

—Llavors, per què hi vols entrar?

—No ho sé... És el Pere qui ho vol. Ell m'agrada.

Aquestes paraules van ser el millor i el pitjor de la nit. Vaig deixar-me caure a terra, al costat d'un arbre, perquè el cap em donava voltes. Com si fos un dimoni a qui algú acaba de convocar, la fesomia emprenyada del Pere va aparèixer en aquell moment a pocs metres de distància. Semblava molt emprenyat.

—Què, Keiko? Vens o et quedes aquí amb aquest?

La Keiko em va mirar. Em va semblar que dubtava.

—Et trobes bé? —em va preguntar.

—És clar, no pateixis per mi. He fet això moltes vegades —vaig tornar a mentir.

—T'has emborratxat moltes vegades?

—Unes quantes —una altra mentida—. Tu no?

—No. Jo no bec. Al Japó està prohibidíssim beure alcohol abans dels vint anys. No ho sabies?

No ho sabia però ho vaig trobar molt raonable. També aquí va semblar-me que la cultura japonesa ens donava vint voltes. Ningú hauria de beure. Mai.

Començava a suar. Algú de l'equip va dir:

—Hauríem de portar-lo a casa d'algú i fer-li una dutxa amb aigua freda.

—Què dius, boig! El que cal fer és deixar-lo tranquil fins que li passi l'efecte —va fer un altre, que parlava com si fos un expert.

I encara un tercer:

—I si li portem alguna cosa per menjar?

Vaig fer un gest amb la mà que volia dir: deixeu-me tots en pau. Havia començat a tremolar. En aquell moment vaig notar una fiblada de dolor a l'estómac que va fer-me caure endavant. Vaig vomitar de cop, a raig. Vaig embrutar les sabates de la Keiko, malgrat que va ser ràpida i va fer un saltiró cap enrere.

—Pobret Albert —la vaig sentir que deia—, no t'ha provat.

Enmig del dolor i les convulsions de la vomitera vaig distingir al costat de les sabates tacades de la Keiko les vambes del Pere i vaig sentir la seva veu que deia:

—Última oportunitat, Keiko, has de triar entre aquest o jo. O entraré sense tu.

Fins i tot en aquell estat tan penós en el qual em trobava vaig ser capaç de pensar algunes coses clarament: que no volia que la Keiko es quedés amb mi només per llàstima. Que li volia estalviar el mal tràngol d'haver de triar entre les amenaces del Senyor Músculs i la vomitera del Senyor *Pringat*.

Vaig aixecar-me com vaig poder i vaig dissimular que tot anava bé. No va ser fàcil. De sobte tenia molt de fred. Dir que em trobava fatal és massa poc. No hi ha una paraula prou horrible per descriure com em trobava. Vaig eixugar-me la saliva amb la màniga de la jaqueta. Em va fer fàstic la meva pròpia pudor. Vaig aconseguir dir:

—Ja em trobo molt més bé, Keiko. Me'n vaig cap a casa. Passa-t'ho bé amb el teu nòvio.

La Keiko va mirar-me amb cara de llàstima.

—Segur?

—És clar —i vaig fer veure que me n'anava caminant cap a la parada de l'autobús.

Uns quants metres, només per assegurar-me que les seves sabates brutes s'allunyaven i que el Pere l'agafava de la mà. Al seu costat hi anaven els tres o quatre tios de l'equip que un moment abans jugaven a salvar-me la vida.

M'havien deixat sol.

Per descomptat, no vaig arribar a la parada de l'autobús. Vaig intentar clavar una puntada de peu a un arbre però em van fallar les cames. Vaig caure de genolls a terra. Com vaig poder, vaig aconseguir seure i recolzar l'esquena al tronc. Vaig mirar la pantalla de la càmera per veure l'escena que la Keiko acabava de rodar. No m'hi vaig poder fixar gaire, però em va semblar que molava.

Vaig començar a tremolar molt i a tenir encara més fred, i això sí que em va semblar estrany. Em vaig apujar el coll de l'abric, vaig posar-me els guants, la gorra, vaig tapar-me una mica amb les caixes de cartró buides. Uns tios que passaven em va mirar i van dir:

—Ostres, pobre tio, es congelarà.

I un altre va afegir:

—Potser no té on anar.

I un tercer:

—Doncs que es busqui un caixer, com fan tots els sense sostre.

Vaig sentir-me com una merda. Pitjor encara. Vaig tancar els ulls. Estava tan malament que vaig pensar: «Potser em moriré aquesta nit».

Em van venir ganes de plorar. Em penso que vaig plorar una mica, d'impotència, de tan malament que em trobava, de ràbia. Vaig pensar a trucar al pare i demanar-li que em vingués a buscar, però vaig imaginar-me la seva esbroncada, el seu disgust, el seu desencís... i me'n van passar les ganes. No sé si vaig adormir-me o em vaig desmaiar. Va ser alguna cosa molt profunda, una fosa a negre. Sense somnis, sense percepcions, sense res.

Em vaig despertar a les vuit del matí. Tenia l'esquena feta pols i un maldecap espantós. S'estava fent de dia.

El primer que vaig pensar va ser: «Què hi fan, aquí, els meus pares?».

El segon que vaig pensar va ser: «On són les meves vambes preferides?».

Als peus només hi portava els mitjons. Llavors vaig entendre que me les havien robat. I també el mòbil, la cartera i la càmera.

32

ODIO L'API

M'és igual que sigui cru o bullit, amb fulles o sense, més verd o més blanc. L'odio en totes les seves formes i presentacions. Si voleu amargar-me un plat, poseu-hi api. I encara que em digueu que no es nota, és en va: el puc detectar a uns quants metres de distància.

Durant un temps a la mare li va agafar per fer una sopa de tomàquet (segons ella deliciosa) que era com una trampa mortal: portava tomàquet, sí, però també portava tones i tones d'api. Un api traïdor, camuflat entre el vermell del tomàquet. Un dia em vaig plantar i vaig dir-li que odiava aquella sopa i que no me'n fes més. Li vaig prometre que menjaria tot el que ella volgués —crema de carbassa, porros, espàrrecs, mongetes tendres, espinacs...—, qualsevol cosa per tal que mai més a la vida em donés aquella porqueria.

Doncs bé. Això va ser el que va passar quan la meva mare va voler curar-me la ressaca:

—Les verdures verdes t'aniran molt bé. Necessites recuperar líquids i vitamines. Menja —al damunt de la taula hi havia un plat enorme de sopa de tomàquet i api.

No tenia forces per protestar. Tenia tant mal de cap que gairebé no podia ni obrir els ulls. Els pares em miraven molt seriosos, mentre jo menjava, cullerada a cullerada, tota la fastigosa sopa d'api.

33

EM RATLLO MOLT PENSANT PREGUNTES ESTRANYES

La meva pregunta preferida és: hi ha vida en altres planetes? Seria un alleujament. Jo de vegades no puc dormir pensant que estem sols a l'univers. Com quan em quedo sol a casa i no puc fer res pensant que estic sol a casa.

De vegades també m'agafa per pensar què faria si algun cop conegués un extraterrestre. Imagineu que heu sortit tranquil·lament a fer un tomb per un indret solitari i de sobte veieu aterrar un objecte volador davant dels vostres nassos. S'obre una escotilla i en surt un ésser estrany que amb molta educació us diu que ve d'un altre planeta. Què faríeu? Us quedaríeu al·lucinats i no podríeu ni parlar? Malfiaríeu d'ell i li preguntaríeu què vol? Sortiríeu disparats? Li preguntaríeu si us podeu fer una *selfie* amb ell? Li preguntaríeu si té Instagram? Voldríeu saber què menja, per on fa pipí i cent coses més? Li demanaríeu que us porti a fer un tomb amb la seva nau? Li explicaríeu els arguments de totes les pel·lícules de *Star Wars?* No us ho preneu a broma. La resposta que trieu diu moltes coses importants de la vostra personalitat.

Les preguntes estranyes sempre em venen al cap quan soc al llit, mirant el meu pòster del sistema solar. Deu ser la cosa que més he mirat en tota la vida. Aquest pòster té la culpa que em mengi tant el cap pensant en altres planetes, viatges estel·lars i què es deu sentir quan sobrepasses la velocitat de la llum.

De vegades també em pregunto una altra mena de coses. Per exemple: si vull tenir fills. O si algun dia agradaré a algú. O com em sentiria si fos una altra persona. Aquell dissabte de la meva primera ressaca totes les preguntes anaven en la mateixa direcció: la Keiko. Per què no havia vingut, si va prometre que ho faria? Em va enganyar? I si havia tingut algun problema? Em sentiria malament si pensés malament d'ella i després descobrís que havia tingut un accident? Crec que no m'hauria atabalat tant si hagués pogut comunicar-me amb l'espai exterior. Però els pares em tenien en aïllament preventiu, tot sol a la meva habitació. Com els presoners perillosos.

34

QUAN M'AVORREIXO DE MIRAR EL SISTEMA SOLAR, BUSCO COSES A INTERNET

La graduació d'una beguda es mesura en funció del percentatge d'alcohol pur que conté. La cervesa té, si fa no fa, 5 graus. El vi, uns 12. El rom, la ginebra o el vodka, uns 40. El whisky bat tots els records: 42.

L'alcohol arriba a la sang passant a través de l'estómac. Ho fa més de pressa si tens l'estómac buit (és a dir, si no has menjat res en les darreres hores). Entre quinze i noranta minuts després de prendre't l'última copa es registren els nivells més alts d'alcohol a la sang. Normalment, les persones que pesen més toleren millor l'alcohol. Les dones, també en general, el toleren pitjor que els homes. Tolerar millor l'alcohol només vol dir que trigaràs més a notar-ne els efectes.

L'alcohol a la sang és perjudicial. Per eliminar-lo, tenim un òrgan específic i molt complex: el fetge. El fetge fa la seva feina a una velocitat constant (aproximadament, processa cent mil·ligrams d'alcohol per quilogram de pes i hora). La qual cosa vol dir que necessita tres hores i mitja per eliminar l'alcohol de dues llaunes de cervesa i cinc per deslliurar-se del de dues copes de ginebra. Si prens una gran quantitat d'alcohol en molt poc temps, el teu fetge no té prou temps per eliminar-lo. Llavors l'alcohol t'intoxica. Quan la situació és molt greu, se'n diu *coma etílic.*

Exercici pràctic: posem per cas que un paio de més de noranta quilos de pes es beu un quart de litre de vodka en trenta segons. Què li passarà durant els noranta minuts següents? La resposta correcta és: patirà una baixada de sucre, tindrà la sensació que s'ofega, li fallaran les cames, tindrà problemes per caminar i per fer altres moviments, la seva pressió arterial baixarà, el mateix que la temperatura de tot el seu cos, suarà, tindrà molt de fred i perdrà el coneixement. És probable que mori. Té dues possibilitats: hipotèrmia o asfíxia. L'asfíxia pot ser de dos tipus: en empassar-se la seva pròpia llengua o en empassar-se els seus propis vòmits. Suposant que pogués triar, no seria una tria fàcil.

Si els seus amics s'adonen que està malament, potser podrien ajudar-lo. En canvi, depèn del que facin, el podrien matar més de pressa. El més correcte en aquest cas seria: posar-lo de costat, tapar-lo perquè no perdi calor i avisar de seguida els serveis d'emergència.

Si el paio sobreviu, un cop li passin els símptomes de la borratxera, vindran els de la ressaca: amnèsia parcial, mal de cap, vòmits, diarrea, flatulència i deshidratació. El millor és prendre aigua i vitamines (per exemple, la fastigosa sopa de tomàquet amb api de la mare). I donar gràcies a la teva bona estrella, perquè el final d'aquesta història podria haver sigut molt diferent.

Si al noi li ha agradat l'experiència i vol repetir-la, és possible que en algun temps s'hagi transformat en un alcohòlic, un addicte a la beguda. No és tan difícil. Com gairebé tot, només és qüestió de constància i voluntat. Com més aviat comencis, més aviat ho aconseguiràs. N'hi ha prou amb dues cerveses o un got petit de whisky al dia. Una altra manera excel·lent d'assolir-ho és una borratxera cada cap de setmana. Convé, en canvi, no oblidar una cosa: sota els taulells de les botigues dels basars xinesos no hi ha fetges de recanvi. No els venen ni allà ni enlloc. Si mates l'únic fetge que tens, et moriràs amb ell. Això sí, abans tens assegurada una bona temporada d'insomni, al·lucinacions, esgotament, indigestió i d'anar pel món amb la panxa inflada com un globus. Potser en aquest estat no seràs el més sexi de la classe. Potser tampoc seràs el col·lega més popular, ni el delegat de curs perfecte.

Conclusió: cap ni una.

Que cadascú faci servir el cap per pensar.

35

UN COP VAIG ACTUAR EN UN CIRC

Devia tenir vuit o nou anys. Anàvem al circ cada Nadal. El Tortell Poltrona, des de la pista central, va demanar un voluntari per al número següent. Jo vaig alçar la mà. Em va mirar amb els seus ulls pintats, va assenyalar-me amb un dit que sortia d'una màniga enorme i va dir:

—Tu —vaig sentir entre els aplaudiments del públic, i tot seguit ell va dir—: Puja aquí i agafa això.

Em vaig enfilar damunt d'una caixa de fusta i vaig agafar una bomba rodona, negre i brillant, que tenia una metxa molt llarga. El Tortell va encendre'n la metxa. Jo em vaig quedar quiet, mentre sonava un retrunyir de tambors i la metxa es consumia a tota velocitat. El pallasso es tapava les orelles amb les mans i tancava els ulls molt fort. Quan va acabar la música, el pallasso va obrir els ulls, em va mirar i va dir:

—Oh! Quin greu! No ha funcionat! Que bèstia!

Ho vam intentar dues vegades més. Jo em moria de riure de veure les cares del Tortell. El públic també es petava. Va encendre tres metxes diferents, però la bomba no va esclatar. Al final, va enviar-me de tornada al meu lloc tot dient:

—Quina llàstima, hauràs d'acabar de veure la funció.

Així que vaig seure, la mare va acostar-se'm i em va murmurar a cau d'orella:

—Ho has fet molt bé.

Li brillaven els ulls i feia una cara d'orgull que encara no he oblidat. En aquell moment va sonar una fressa enorme. Alguna cosa havia explotat sobre la caixa de fusta. Era la meva bomba. El Tortell Poltrona tenia la cara tota negra i l'abric esparracat. La gent va aplaudir-lo amb entusiasme.

—Que divertit, quin número més bo! —exclamaven.

I ell només feia que repetir:

—Que bèstia, nois! Que bèstia!

Quin tros d'artista, el Tortell!

El diumenge a la tarda els pares van demanar-me que segués a la taula de la cuina, just al seu davant. Estaven molt seriosos. Semblaven el tribunal d'un examen oficial. Ja se m'havien passat els símptomes de la ressaca. Havia estat tancat unes quantes hores a l'habitació, navegant per Internet, avorrit. Vaig llegir coses que van fer que se'm passessin per sempre les ganes de beure alcohol. De la Keiko, encara no en sabia res. El que em sabia més greu era que m'haguessin robat la càmera i el mòbil (per aquest ordre).

Va ser la meva mare qui va parlar en primer lloc:

—Recordes aquell cop que vam anar al circ i hi vas sortir voluntari?

És clar que me'n recordava. Va ser un dels moments estel·lars de la meva infantesa. En acabar la funció la gent em mirava. Em vaig sentir famós per primer i últim cop a la meva vida.

Vaig abaixar el cap. Sabia que tenia raó. El pare va explicar-me com havia anat la seva nit. Van començar preocupant-se perquè era molt tard i jo no havia arribat. Era el primer cop que estava fora de casa passada la mitjanit. Van trucar-me al mòbil moltes vegades. Van esgotar les trucades però ningú va respondre. Van anar a buscar-me al bar on els havia dit que era. El van trobar tancat... des del mes de setembre.

En aquell moment van adonar-se que els havia mentit. Van trucar a l'Álvaro, per si estàvem junts. Vam parlar amb el seu pare. L'Álvaro era a casa, dormint, i no m'havia vist en tot el dia. Malgrat tot, el seu pare el va despertar, per si sabia on era. L'Álvaro no en tenia ni idea.

Llavors els pares van decidir anar a la policia. Un sergent els va preguntar si havien mirat la zona on es posa la gent jove cada divendres per fer el *botellón.* La meva mare va dir que allà segur que no hi era, que el seu fill no bevia res, no li interessaven les discoteques (ni tenia l'edat legal per entrar-hi) i que no era de la mena de nois que surt de *botellón.* El sergent va contestar: «Senyora, jo miraria igualment allà on es posen a fer el *botellón.* Molts pares no tenen ni idea del que fan els seus fills».

Van passar molta estona fent voltes amb el cotxe d'un costat cap a l'altre. El meu mòbil ara estava «desconnectat o fora de cobertura». Van estar al passeig marítim, a la carretera general, a la zona de discoteques. Fins que per fi, en un dels arbres de l'esplanada del fons, la més allunyada de totes, van veure que hi havia algú. Algú gros, algú com jo. La meva mare va dir que el més angoixant de tot van ser els trenta segons que van passar des que em van reconèixer fins que van veure que era viu. Que per un moment... i se li van negar els ulls.

—Em sap molt, molt greu, de debò —va ser l'única cosa que vaig saber dir-los, quan van haver acabat.

—Un cop passat aquest ensurt tan gros —va continuar el pare—, el pitjor ha estat la sorpresa. És com si no fossis tu, fill. Abans mai havies...

—Pare —el vaig interrompre—, darrerament han passat moltes coses. Ha estat com si la vida demanés voluntaris i tota l'estona em triessin a mi, com va fer el Tortell. Reconec que he perdut una mica el control, però ara hi posaré ordre.

—Ja saps per on començar? —va preguntar la mare.

—Per marxar de l'equip de futbol. Aquests paios no tenen res a veure amb mi.

Tots dos hi van estar d'acord. I també quan els vaig dir que no em clavessin cap esbroncada per beure, perquè no m'havia agradat gens i ja havia après la lliçó tot solet.

Abans de donar per acabada la reunió, el pare va afegir:

—Estem contents que hagis après la lliçó i que ara vulguis ordenar una mica la teva vida, com dius, però de moment hauràs de fer-ho sense càmera i sense mòbil, perquè no pensem comprar-te'n uns altres. Si les notes del segon trimestre són bones, ja veurem.

36

QUAN EM CANSO DE SER UN *SAIKO*, EM TRANSFORMO EN UN SAITEE

Espero de debò que recordeu què vol dir *saiko* en japonès. I espero que recordeu que, segons la Keiko, jo era un *saiko.* Perquè estic a punt de mostrar-vos la meva altra cara. Perquè quan em canso de ser un *saiko,* em transformo en un *saitee.* És a dir, en algú desagradable, que no pensa el que diu i a qui no li fa res fer mal als altres. *Saitee* és exactament el contrari de *saiko*. La cara oculta de la lluna. El monstre que tots portem dins, encara que gairebé mai deixem que surti.

El dilluns a primera hora vaig decidir alliberar la meva part *saitee.* Vaig començar pel Pere. El vaig anar a buscar a classe de ciències i li vaig etzibar:

—Busca't un altre porter. Deixo l'equip.

—No pots fer-ho, això —va protestar—. Som al mig de la lliga.

—Ja ho he fet —vaig fer.

Vaig marxar sense mirar-lo.

—Escolta, parlem-ne. Albert, tio, espera.

Però no vaig esperar.

La segona persona en conèixer el costat fosc de la meva personalitat va ser la Keiko. Vaig saltar-me una classe de Literatura Universal per anar fins a l'edifici de l'ESO just enmig d'un canvi de classe.

—Dissabte et vaig estar esperant molta estona —li vaig dir.

—Ho sento. Va sorgir una cosa inesperada —va abaixar la mirada, com de costum.

—Podries haver buscat una excusa millor. O em podries dir la veritat, per variar. Si no tenies ganes de veure'm, només m'ho havies de dir quan et vaig proposar venir a casa meva a tocar. No calia que em deixessis plantat.

Vaig parlar amb molta duresa, sense pauses,

sense dubtes. Em penso que la vaig sorprendre una mica.

—Potser no em creus, però em va saber molt greu no poder-hi anar.

—Tens raó, no et crec. Però tant se val. Soc un brètol. Pensava que eres d'una altra manera. Fins i tot vaig mentir per tu a la teva mare!

Va abaixar els ulls de nou. No tenia res a dir. Lògic.

Com havia fet una estona abans amb el Pere, un altre cop vaig fer mitja volta i vaig marxar sense mirar enrere.

Vaig passar-me la resta del matí molt més tranquil. És una de les coses que té convertir-se per una estona en un *saitee.*

Abans de marxar cap a casa vaig passar per la sala de professors. Necessitava trobar l'Hèctor per explicar-li el que havia passat. Ja no tenia càmera. Sense càmera, no hi havia pel·lícula i, sense pel·lícula, no hi havia concurs. Les seves magnífiques idees per convertir-me en el director revelació de la nova temporada se n'havien anat en orris per una bajanada.

L'Hèctor va escoltar-me amb expressió molt seriosa.

—Quina llàstima —va dir—. Estic segur que t'hauria sortit molt bé, noi, tens un munt de talent.

—Sí, per engegar-ho tot a rodar —vaig murmurar.

—Està bé. Llavors caldrà pensar una altra cosa, no creus? Cal tenir sempre un pla alternatiu.

No li vaig dir que jo no en volia, de plans alternatius. Que volia donar-me cops de cap a la paret per haver engegat una oportunitat tan estupenda. A més, el pla alternatiu de l'Hèctor em feia una mica de por. Era capaç de proposar-me que organitzés un ball de disfresses o que construís una piràmide amb escuradents.

—Ja sé com ho farem! —va saltar—. Demà et portaré la meva càmera! Ep, és un préstec! Me l'hauràs de cuidar. Té uns quants anys, però funciona de meravella. És la mateixa amb què jo vaig gravar les meves primeres pel·lícules.

Va deixar-me sense paraules.

—Però... la teva càmera? No la necessites?

—Va! —li va treure importància—. Fa segles que no la faig servir! Potser no funcionarà. Però si funciona, ja està solucionat, el teu gran problema. Això sí! Vull que em posis un agraïment en els crèdits finals! Sempre hi he volgut sortir, com mola, ja estic veient el meu nom! Ah! I quan siguis un director famós, recorda qui et va fer aquest favor quan eres un adolescent tanoca que va perdre el millor que tenia per no saber beure.

No vaig poder-me aguantar. Em va emocionar tant allò que va dir i com ho va dir que vaig fer-li una abraçada. Una d'aquestes que la meva mare em té prohibides perquè diu que no controlo la meva força i que un dia trencaré una costella a algú. Mentre estrenyia l'Hèctor amb força vaig sentir la seva veu que deia:

—Albert, tio, no puc respirar.

37

SÉ FER MAIONESA

És molt fàcil, de debò. Només necessites una batedora elèctrica, un ou, oli de gira-sol, un rajolí de llimona i una mica de sal. L'únic secret és tirar l'oli a poquet a poquet i batre amb energia. Ja fa força temps que en vaig aprendre. No té gaire mèrit, perquè m'agrada molt cuinar. El pare diu que a les noies els agraden més els paios que saben fer maionesa. De moment, no he notat cap relació directa entre la meva maionesa i el meu (escàs) èxit amb les noies. Ja veurem si amb el temps millora.

Estava, precisament, molt concentrat fent maionesa la nit que va sonar el telèfon i era la mare de la Keiko. No us he dit que el més important de fer maionesa és que no se't talli. Si se't talla, ja no té remei. Queda líquida i lletja i cal tornar a començar des de zero. També tinc un truc per si això passa, però millor us l'explico en una altra ocasió perquè això no és un canal de cuina.

—És per a tu —em va dir el pare, en passar-me el telèfon.

Vaig aguantar-lo amb l'espatlla mentre m'eixugava les mans amb un drap.

—Hola, Albert, soc l'Àngela —va dir—. Pots parlar un moment?

—Sí, és clar.

—La Keiko no sap que et truco. Si us plau, guarda'm el secret.

Calia reconèixer que era un bon començament per a una conversa.

—D'acord —vaig fer.

—Estic molt amoïnada —va continuar ella—. Darrerament la Keiko està molt estranya. Gairebé no menja. No m'explica res del que li passa. Si li ho pregunto, només em diu que està bé. Però jo sé que no és veritat. Ahir vaig entrar a la seva habitació i la vaig trobar plorant. Com que tu ets el seu millor amic, he pensat que potser podries ajudar-la.

—No crec que jo sigui el seu millor amic —vaig respondre.

—D'acord, en tot cas ella només parla de tu.

—De debò?

Li anava a dir que no tenia ni idea del que li passava, però no era del tot veritat. Sabia algunes coses que l'Àngela ni tan sols sospitava i que un amic autèntic mai ha d'explicar. Per bé que també em sentia malament per allò que havia dit a la Keiko unes hores abans. Estava decebut amb ella, molest, i suposo que també força gelós. En el fons no volia reconèixer-ho, però no suportava que sortís amb el Pere. No lligaven ni per casualitat. Però segur que això és el que pensen tots els tios quan els agrada molt una noia que surt amb algú altre. Algú altre que a més no se t'assembla en res.

—Albert, em sents?

—Sí, sí, perdona. M'havia distret.

Els pensaments són com els vídeos de YouTube. Uns et porten a uns altres i tu no pots controlar-ho. De sobte et trobes veient una cosa estranyíssima que no volies veure i preguntant-te com és que has arribat fins aquí.

—No et demano que m'ho expliquis, ni

que facis res d'especial. Només que l'ajudis, si pots. Des que va morir el seu pare està molt desorientada. Per a ella va ser un cop molt dur.

—El seu pare és mort?

—No t'ho ha dit? —va fer-se un silenci pesarós, i crec que de sobte vaig comprendre algunes coses.

—Va morir fa uns mesos, just abans que ens traslladéssim aquí. De fet, per això hi vam venir. Per això i perquè va sortir-me una bona feina.

Vaig prometre a l'Àngela que ajudaria la seva filla tant com pogués. Vaig donar-li el meu condol (em penso que no ho vaig fer gaire bé, no tinc gaire experiència en aquestes coses). Ella va dir:

—El pare de la Keiko i jo feia molt que estàvem divorciats. De fet, gairebé mai ens vèiem —va pensar un moment abans d'afegir—: No cal ser un bon marit per ser un pare fantàstic, no creus?

Vaig passar-me tot el sopar donant voltes a tot plegat. Volia ajudar la Keiko, però no sabia ni per on començar. Només podia pensar en com havia anat la meva última trobada amb ella: el meu to desagradable, les seves explicacions, el comiat… Vaig anar-me'n al llit tard i no vaig poder dormir en tota la nit.

38

DE VEGADES CANVIO D'OPINIÓ

La càmera de l'Hèctor era millor que la meva. Gravava imatges més clares (amb més megapíxels), tenia filtres que permetien gravar en la foscor, tenia un micròfon multidireccional que captava millor el so ambient, tenia més zoom… Era tot un luxe, em feia sentir com un director de debò.

—Si la perds o la trenques, no aprovaràs ni per setembre —va dir l'Hèctor, amb un somriure còmplice.

El primer que vaig fer va ser trucar al Carles.

—M'agradaria tenir un carnet d'aquells teus, tio. Per entrar al Before.

—Ah, ja ho sabia! El tio legal s'està fent gran, oi?

—Et pagaré quinze euros —vaig dir.

—I això? Et sents generós?

—No. Però vull que em deixis gravar-te mentre ho fas. És per a un treball de l'insti. Bé, de fet només et gravaré les mans. Si parles, et distorsionaré la veu. Ningú et reconeixerà, t'ho prometo.

—Uix, tio, jo passo. Aquest rotllo és fumut.

—No et passarà res, t'ho prometo. Ja t'he dit que és per a un treball de l'insti.

—No ho sé, tio. No em mola.

—Escolta, t'ensenyaré el vídeo quan estigui acabat, d'acord? Així estaràs segur que no se't veu ni se't reconeix. A més, el carnet falsificat serà el meu, no? Si passés res, seria jo qui estaria en un embolic, i no tu.

—Que no, tio. Ja t'he dit que passo.

—I si et dono vint euros?

—No ho sé, de debò.

—Vint-i-cinc?

—Està bé... D'acord. Quedem aquesta tarda.

39

EL MEU COLOR PREFERIT ÉS EL NEGRE

Fa temps que vaig decidir que volia portar només roba de color negre. Com els reis del segle XVI, com els poetes del Romanticisme. Hi ha gent que diu que el negre no és un color. Que, de fet, és la suma de tots els colors. L'absència de tota llum, la foscor màxima. Mola. El negre et fa invisible enmig de la nit. Mai hauria pensat que arribaria a veure això com un avantatge. Vaig tornar a l'esplanada una setmana més tard. Portava la càmera i una bateria de recanvi. M'imaginava que la nit seria molt llarga.

Vaig començar gravant els cotxes aparcats, la gent apilonada al voltant d'un mòbil per escoltar-ne la música, les ampolles que anaven sortint de les bosses i les caixes, l'ambient festiu. Ja havia decidit el títol i el contingut del meu documental. Es diria *Nit de gresca* i seria un reportatge sobre què fa la gent de la meva edat per passar-s'ho bé una nit de divendres. Ja feia una estona que gravava quan vaig acostar-me a un grup de gent. Els vaig explicar el que estava fent i els vaig demanar permís per gravar-los mentre anaven cap al Before. Van acceptar amb una condició: que no se'ls veiessin les cares. Alguns eren allà sense permís dels seus pares, van dir. Per descomptat, vaig acceptar. Els vaig seguir mentre avançaven cap a la porta de la discoteca i em va sortir el millor pla seqüència de la meva vida: comença quan el grup es posa en marxa, avança entre els grups de gent fins a arribar al carrer il·luminat, es veu al fons l'entrada del Before, la imatge s'acosta un moment per captar els vigilants de seguretat escorcollant a tothom i revisant els carnets. Es veu com els amics passen tots els controls. A un d'ells li confisquen una ampolla de ginebra que porta amagada dins de la samarreta. Ni tan sols es queixa quan la hi prenen, només arronsa les espatlles. Es veu com els protagonistes de l'escena entren dins del local. La càmera s'atura a la taquilla, i allà se centra en una noia d'uns setze anys que està intentant pagar el preu de l'entrada amb un bitllet d'autobús. Està tan beguda que ni tan sols s'adona que no és una targeta de crèdit, allò que té a la mà. Discuteix força estona amb l'encarregada de la taquilla, mentre la gent de la cua comença a emprenyar-se. Després, la noia borratxa crida, s'entrebanca amb els seus peus, cau, s'aixeca i al final venen dues amigues seves i se l'emporten d'allà. Fosa en negre.

Vaig voltar una mica pels carrers propers. El Before és en un polígon industrial. Els carrers no són gaire animats, llevat pels grups d'amics que van de festa. En vaig gravar un grupet que prenia xopets dins d'un cotxe. Fins i tot tenien gots de vidre. Estaven convençuts que aquella nit lligarien segur. Ho diuen directament a càmera, molt segurs d'ells mateixos i cridant moltíssim. Eren majors d'edat i estaven molt animats. No em van posar problemes per gravar-ho tot.

Quan vaig afartar-me de passar fred allà fora vaig decidir entrar al Before. Era el primer cop i estava una mica espantat. Vaig guardar-me la càmera a la motxilla, sota d'un jersei que havia ficat a l'interior per dissimular. Vaig pagar l'entrada. El vigilant de seguretat em va escorcollar i em va obrir la motxilla per revisar-la, però no en va treure el jersei. Després va demanar-me el carnet. Era un tio gros com un armari, però no era més alt que jo. Va mirar el carnet durant quatre segons abans de tornar-me'l.

—Passa —va dir.

Vaig pensar que el Carles era un geni. I que si me'l trobava dins, seria el primer que li diria.

Vaig treure la càmera així que vaig baixar per l'escala. Vaig gravar l'ambient, la gent ballant i cantant, els llums de coloraines, la cabina del discjòquei, les cambreres a la barra. Vaig passar una bona estona donant tombs per allà, d'una banda a l'altra, sense deixar de gravar, fins que vaig adonar-me que tenia molta set. No era gens estrany, perquè allà dins hi feia molta calor. Vaig entrar un moment al lavabo a beure aigua de l'aixeta i vaig sortir de seguida preparat per continuar amb el meu documental.

Ho estava gaudint moltíssim. M'ho passava d'allò més bé.

Llavors vaig trobar-me la Keiko. Estava asseguda a terra davant del lavabo de noies i es tapava la cara amb les mans. La vaig reconèixer malgrat la foscor i les circumstàncies. Plorava. Vaig acostar-m'hi per preguntar-li què li passava. Hi havia tant soroll que vaig haver de fer-li la pregunta dues vegades, cridant-li a cau d'orella.

—M'he barallat amb el Pere —va contestar, finalment.

40

ODIO DEMANAR PERDÓ

No conec ningú a qui li agradi demanar perdó. Si ho has de fer és perquè has fet una cosa malament. Reconèixer-ho no és fàcil. A més, corres el risc que l'altre no et perdoni, que sentis que has fet el ridícul. O potser et perdona i encara et sents pitjor.

Pensava tot això mentre esperava que la Keiko sortís del lavabo. Va dir que hi entrava per rentar-se la cara. També vaig pensar que potser no voldria dirigir-me la paraula mai més. En sortir, semblava més serena.

—Et fa res si anem fora i prenem l'aire? —va preguntar-me, molt seriosa.

No em feia res. Ben al contrari. Vaig agrair anar a alguna banda on poguéssim parlar. No entenc com la gent pot lligar a les discoteques, si ni tan sols sents què t'estan dient.

El fred del carrer era agradable. Tenia una sensació estranya a les orelles, com quan vaig a la piscina. La Keiko va dir-me que era normal, que a ella també li passava. Vam caminar una mica, per allunyar-nos de la fressa de l'entrada, que encara estava molt concorreguda. Vam caminar cap a l'esplanada i ens vam asseure en el primer banc que vam trobar. Un de vell i rovellat, però ja ens estava bé.

Jo rumiava com començar la conversa quan ella va dir:

—Ja fa dies que el Pere està enfadat amb mi. Avui ha estat la gota que fa vessar el got.

—M'ho vols explicar?

—M'estimo més que no. Al Pere no li agradaria gens —va deixar caure la seva mà sobre la meva. Només una mica. La vaig notar tèbia i suau, com aquell primer dia a classe de piano—. Però t'agraeixo que no em deixis sola.

—Mai et deixaria sola —vaig dir sense pensar.

Va ser com si el meu cor parlés en veu alta i pel seu compte. Vaig notar que les meves paraules la sorprenien, que em mirava diferent. Vaig recordar els consells per lligar que m'havia donat l'expert del Pere i vaig pensar que no estava gens bé fer-los servir per lligar amb la seva nòvia. La nit s'estava tornant molt estranya.

—Ahir vas ser molt desagradable amb mi —va fer ella.

—Ja ho sé —vaig contestar, mentre una veueta dins meu em deia: «Digues alguna cosa més, disculpa't de debò, amb convenciment, no desaprofitis aquesta oportunitat».

—Jo també odio demanar perdó —va dir la Keiko, com si entengués tot el que m'estava passant per dins.

—Vaig parlar-te malament perquè estava molt dolgut amb tu.

—Ja ho sé. Jo també em volia disculpar.

—No vull que et disculpis. Per a mi està tot arreglat.

—Per a mi també.

—Fantàstic.

—Sí.

41

M'AGRADA BUSSEJAR

M'he passat la vida fent classes de natació. Des de preescolar fins a quart d'ESO. Un pal. Com us podeu imaginar, tretze anys de classes donen per dominar tots els estils: braça, crol, esquena, papallona, dofí... Soc força bo en tots. Per bé que el meu preferit és el busseig. Em capbusso, imitant els moviments dels peixos, i és com si el món es transformés. Dins de l'aigua tot és lent, ningú té pressa. Els sons s'esmorteeixen. El món queda lluny. M'agrada, aquesta sensació de ser en una altra dimensió durant una estona, d'allunyar-me de tot. Quan estic molt atabalat, bussejo una estona i em passa tot.

Potser soc una mica estrany, però aquella nit davant del Before, abans que les coses anessin a pitjor, vaig adonar-me que ser allà amb la Keiko era com bussejar. El temps es va desaccelerar, el món va començar a allunyar-se, les preocupacions van desaparèixer de mica en mica. Era com si al món només hi fóssim ella, jo i aquell banc vell i rovellat.

Després de perdonar-nos mútuament vam passar una estona parlant de coses sense importància. Les notes, l'insti, les manies de la seva mare, els nostres gustos musicals... Li vaig explicar allò del meu documental, ella va confessar-me que el Carles també li havia fet un carnet fals. Un regal del Pere. Aquesta va ser l'única vegada que el va anomenar, com si de sobte hagués deixat de tenir importància. Com passa amb el món mentre estàs sota l'aigua.

També vam parlar d'assumptes importants. Del seu pare, per exemple. No sé com, però va explicar-me coses molt personals, d'aquelles que no s'expliquen a tothom. Em va fer sentir especial. Al mateix temps, va ajudar-me a comprendre-la una mica més bé. A conèixer-la.

Tots els bussejadors sabem que tard o d'hora haurem de sortir a la superfície i descobrir que el món encara és allà i que, malauradament, ens espera.

De sobte vam sentir crits a prop nostre. Primer de tot no enteníem què deien. Després vam reconèixer la veu del Pere, que se'ns acostava amb grans gambades. Semblava molt emprenyat. Va caure literalment damunt la Keiko i la va agafar pel braç.

—Què hi fas, aquí, amb aquest? —va preguntar, rabiós.

—Res, he sortit a prendre l'a... —va respondre la Keiko.

—Anem —va estirar la Keiko i la va fer aixecar.

—Em fas mal —es va queixar ella.

Ni m'ho vaig pensar. Vaig apartar el Pere d'una empenta. Vaig llançar-me damunt seu tan fort com vaig poder.

—T'ha dit que la deixis estar —vaig etzibar.

El Pere va mirar-me. En els seus ulls hi vaig veure que havia despertat una mena de monstre. Ni tan sols vaig tenir temps d'esquivar-lo. Va tancar el puny i va apuntar directament al meu nas. Durant un moment vaig perdre el món de vista, vaig notar un dolor intens, vaig caure cap enrere. Tot just m'aixecava quan me'n va clavar un altre. Aquesta vegada no tan fort, però va fer més mal.

—Ja t'ho vaig dir, que la Keiko és la meva nòvia —va recordar-me, mentre jo mirava d'esbrinar si encara tenia nas o si s'havia desintegrat completament.

A diferència dels altres dos, el tercer cop el vaig veure venir. Vaig mirar de defensar-me però només vaig aconseguir clavar-li una manotada a la cara. Potser va trontollar una mica. O potser només m'ho vaig imaginar. Una mil·lèsima de segon més tard, el seu tercer cop em va trencar la cella dreta.

Just en aquell mateix moment van arribar dos dels vigilants de seguretat del Before i ens vam separar. Ens van amenaçar de trucar a la policia si no acabàvem la discussió en aquell mateix moment. Ens van convidar, no gaire amablement, a anar a casa. El Pere va marxar rondinant cap a la zona de l'esplanada. La Keiko i jo vam quedar-nos una estona més allà. Ella va treure de la bossa un mocador de paper i va mirar de netejar-me les ferides. Va dir que havia d'anar al metge. Va explicar-me que havia tingut por, i que encara en tenia.

—Por, de què?

—No de què, sinó per qui —va fer ella—. Per tu, és clar. No l'has vist? Està fet una fúria. No escoltava ni el vigilant. Només esbufegava, com un animal salvatge.

Hi estava d'acord. El Pere semblava un animal salvatge. Un que no n'ha tingut prou.

42

M'AGRADA QUE M'EXPLIQUIN HISTÒRIES

De petit m'agradava que m'expliquessin rondalles. De vegades, jugava a canviar-les amb la imaginació. M'agradava imaginar què passaria si la Caputxeta s'hagués menjat el llop o si els tres porquets s'associessin per construir un gratacels a Nova York. Els contes són els fonaments de la vida. La vida és plena d'històries. Les històries són la matèria primera del que nosaltres som. El cinema tampoc existiria sense els contes.

La nit que la Keiko va explicar-me la història del seu pare, em vaig sentir un privilegiat. Sabia que ella no acostumava a parlar-ne. Sabia que, en explicar-m'ho, d'alguna manera m'estava escollint.

El pare de la Keiko era pianista. No dels que fan concerts en auditoris o viatgen per tot el món. Tocava des de feia anys en un bar de Tòquio, un de molt famós on acostumaven a anar els homes de negocis en acabar la seva jornada laboral. Tots els clients el coneixien, i ell sabia quines peces agradaven a cadascú.

Va haver-hi un temps que el seu pare somiava a ser concertista de piano per tocar en grans auditoris i viatjar per tot el món fent concerts, però no ho va aconseguir. «De vegades els somnis estan per no fer-los realitat», va dir la Keiko, abans d'explicar-me que el seu pare mai va deixar d'estudiar música. A ella no li permetia ni que s'acostés al piano. Tampoc volia que l'anés a visitar a la feina.

—Sempre deia que, si no aprenia a tocar, mai em dedicaria a la música, com ell —va dir.

—Però tu en vas a prendre igualment.

Va arronsar les espatlles.

—Te'n va ensenyar la teva mare?

Va deixar anar una rialla.

—La meva mare no sap tocar ni la pandereta! A més, jo en aquella època gairebé no la veia. Era una executiva d'una empresa important i sempre estava ocupada. Gairebé mai tenia temps per a ningú. Tampoc per a mi. Jo vivia amb el pare, en un apartament petit del barri de Shibuya. No sé si ho saps, però es van divorciar abans de néixer jo.

Sabia que s'havien divorciat, però en desconeixia els detalls.

—Allò seu va durar molt poc —va continuar la Keiko—. Es van conèixer a Tòquio, on la meva mare havia anat a treballar. Un enamorament ràpid i un oblit exprés. Mai els he vist junts, tot i que he de reconèixer que com a pares han estat fantàstics. Quan va morir el pare, la mare va decidir dedicar-se a mi completament. Va deixar l'empresa i vam traslladar-nos aquí. Al cap i a la fi, aquesta també és la meva terra.

—No trobes a faltar el Japó?

—Trobo a faltar el meu pare —va pensar un moment, abans de continuar—: Dissabte va fer quatre mesos que va morir. La mare i jo vam celebrar un petit ritual per recordar-lo. Vaig passar el dia molt trista. No podia veure't així. T'hauria posat trist a tu també, i això no em sembla just. Per això et vaig fallar.

En el llibre de japonès que va deixar-me la Keiko vaig aprendre que al Japó tenen dues paraules molt importants per anomenar els sentiments: *tatemae* i *honne. Tatemae* són els sentiments que es mostren en públic, sempre amb compte de no afectar les altres persones, sempre dissimulant. *Honne* són els teus autèntics sentiments, els que portes dins i res pot dissimular. Al Japó està molt mal vist mostrar davant dels altres els teus sentiments autèntics. Mai ho fan. Per a nosaltres resulta una mica estrany, però per a ells és una qüestió d'educació. Vaig pensar que abans d'enfadar-me amb la Keiko hauria d'haver pensat en coses com aquesta.

Vaig mirar de canviar de tema per fer-la sentir més bé.

—Llavors, on vas aprendre a tocar el piano?

Va fer un gest amb la mà, com si apartés una mosca.

—Això és una altra història. Te l'explico un altre dia, d'acord? Em penso que ara me n'hauria d'anar.

La vaig acompanyar fins a la parada més propera i vaig quedar-me amb ella fins que va arribar l'autobús nocturn.

—Tu també hauries de marxar a casa —va dir— i fer alguna cosa amb la teva cara.

—Ara hi vaig —vaig dir, però en realitat el que volia fer era gravar una mica més.

Dins la peixera il·luminada del vehicle, la bellesa de la Keiko era com la d'un peix exòtic al qual no pots deixar de mirar.

Molta estona més tard de veure-la desaparèixer dins del bus, la seva història trista i preciosa encara m'acompanyava.

43

DE VEGADES EM SORPRENC A MI MATEIX

No havia tornat a pensar en el Pere fins que el vaig veure davant dels meus nassos, assegut a la soca d'un arbre, amb una ampolla a la mà, mirant-me, desafiador.

—Encara vols més llenya, desgraciat? —va ser la seva salutació en tornar a veure'm.

Va aixecar-se. Trontollava una mica. Va fer un glop llarg de l'ampolla. Era ginebra. Una d'aquelles marques dolentes, barates. Érem a uns vint metres de distància. Ell va quedar-se quiet, mirant-me. Semblàvem una d'aquelles escenes èpiques de *Joc de trons*.

—Deixa-ho estar, Pere —vaig mirar de calmar-lo—. Estàs torrat.

—Que fàcil que deu ser anar de guai mentre em pispes la nòvia, oi, cabró?

—Com? —no tenia ni idea del que m'estava dient.

—La Keiko m'ha deixat. Com si no ho sabessis! —va dir, amb la boca pastosa per culpa de l'alcohol—. Suposo que se'n va amb tu, oi? T'he de felicitar? Vaig quedar-me tan descollocat que durant un segon no vaig saber què dir. Ell ho va notar i va insistir a desafiar-me. Un altre cop érem en una escena de *Joc de trons*. Si hagués estat per ell, una d'aquelles on li tallen el coll a tothom i on fan broquetes humanes amb la concurrència.

—Va, acosta't! Tingues pebrots! Et vull trencar l'altra cella.

No sé què em va passar, però vaig tenir-ne. Més dels que em pensava que tindria. Més que mai a la meva vida. Va ser com una mena de descobriment, fins i tot per a mi. Tot i que suposo que no vaig fer el que ell esperava. Vaig treure la càmera i vaig començar a gravar-lo. I encara vaig atrevir-me a provocar-lo més:

—Contingut extra per al teu documental, Senyor Músculs —vaig cridar—. Vinga, Pere, saluda les teves fans.

Va voler venir cap a mi i prendre'm la càmera, però no era capaç de caminar ni dues passes sense fer-se un embolic amb les cames. Prou bé que coneixia aquella sensació. No feia ni una setmana que m'havia passat el mateix. Vaig esquivar-lo sense cap problema, caminant d'esquena entre els arbres. El Pere intentava seguir-me, però els seus moviments eren lents.

—Dona'm la càmera, cabró —va etzibar-me, amb la veu desafinada.

No vaig deixar de gravar. Ben al contrari. Vaig fer servir el zoom per acostar la imatge fins a un pla mitjà. Vaig captar perfectament el moment: el Pere es porta el coll de l'ampolla als llavis i comença a veure. Sense treva. A la imatge s'hi aprecia com el líquid va baixant dins l'ampolla, fins a deixar-la buida. Després el Pere llença l'envàs a terra, tan lluny com pot, i mira la càmera per desafiar-me per darrer cop:

—No t'atreveixes, oi? Ets un cagat! Tens por que et clavi una altra pallissa?

Va fer tres passes maldestres cap a mi, encegat per la ràbia. Va agafar-me pel coll, o potser seria més exacte dir que va fer-me servir per recolzar-se. Gairebé no podia estar-se dret. Vam forcejar sense que la càmera deixés de gravar ni un sol segon. Les imatges parlen per elles mateixes i són impressionants. De sobte, la càmera deixa de moure's cap a totes bandes i li enfoca la cara. Es veu com el Pere tanca els ulls. Sembla marejat. Es toca el front amb una mà. Ja no m'amanyaga, ni m'amenaça. Pronuncia alguna cosa que sona com un grunyit. Després obre els ulls un altre cop, només un segon. No aconsegueix mirar dret. Cau a terra. Se sent un cop sec fora de pla.

La seqüència s'acaba amb una imatge del cos llarg del Pere estirat en una postura molt antiestètica als peus d'un arbre. No es belluga. No queda clar si respira.

Stop.

44

LA MEVA CONSCIÈNCIA ÉS MILLOR QUE JO

Juro que ho vaig pensar seriosament. I si toco el dos? I si el deixo aquí? Ningú ens ha vist, ningú sap que no estava sol, ha begut més del que podria suportar un elefant, si li fan l'autòpsia podran comprovar-ho sense cap problema. Qui m'impedeix, llavors, tocar el dos? Qui ho sabria? Què hauria fet ell si hagués estat a l'inrevés? Què hauria fet ell per ajudar-me?

De vegades les preguntes complicades tenen respostes molt senzilles. No sé què hauria fet ell per ajudar-me a mi i mai ho podré saber. Potser m'hauria deixat allà tirat, o potser no.

Ningú em demanaria mai explicacions per allò que havia passat, llevat de l'única persona de qui m'és impossible escapar: jo mateix. Si no feia res per ajudar-lo —vaig dir-me en aquells segons tan lents que van venir després de la caiguda del Pere—, ho recordaria durant la resta de la vida.

Aquella nit vaig conèixer la meva consciència. Vaig descobrir que era millor que jo, i que sabia el que calia fer quan jo només podia fer-me una pregunta rere l'altra.

Quan vaig reaccionar, vaig comprendre que el primer que havia de fer era posar el Pere de costat. Em va costar una mica. Pesava com un os adormit. Vaig treure'm la jaqueta i vaig buscar dins la motxilla el jersei que portava per dissimular. El vaig tapar amb totes dues coses, com vaig poder, perquè vaig adonar-me que tremolava, o tenia convulsions, o alguna cosa així. Després vaig pensar a trucar a una ambulància, però com? Jo no tenia mòbil. Per allà no s'hi veia ningú i eren més de les quatre de la matinada. La gent era o dins del Before o bé dormint plàcidament al llit. De sobte se'm va acudir: havia de regirar les butxaques del Pere. Segur que ell sí que portava el mòbil.

Vaig començar per les del darrere dels pantalons. Duia una cartera i una navalla, però ni rastre del telèfon. Vaig continuar per la jaqueta. Vaig trobar-hi de tot: un parell de preservatius, un paquet de xiclets, un bitllet de l'autobús, unes claus... Vaig continuar per l'altre costat. Vaig tenir sort. Era un bon telèfon, tot i que tenia la pantalla trencada. Quan vaig voler trucar, vaig adonar-me que estava apagat. Vaig mirar d'encendre'l, però no vaig poder. Merda. No tenia bateria. No tenia cap més remei que mirar d'avisar algú al més ràpidament possible. No tenia ni idea del que estava passant, però alguna intuïció desconeguda em deia que era millor no perdre temps. Vaig començar a córrer cap a la porta del Before. Quan el vigilant de seguretat em va veure, va fer:

—Un altre cop tu?

Li vaig explicar què havia passat. Li vaig dir que havia de trucar a una ambulància. De pressa. Va mirar-me amb malfiança.

—No serà un altre truc, oi? —va aclucar els ulls.

—Vine a comprovar-ho tu mateix, tio!

Ho va fer. Era normal que no es fiés de mi. Vam córrer entre els arbres de l'esplanada fins al lloc on el Pere, tremolant, esperava que algú fes alguna cosa per ell. Llavors el vigilant em va creure. Va treure el seu telèfon, va trucar al servei d'emergències i els va explicar fil per randa on érem.

—Arribaran d'aquí a cinc minuts —va dir.

La meva consciència acabada d'estrenar va llançar-me una pregunta com un senyal des de les profunditats: «I què passarà si d'aquí a cinc minuts ja és massa tard?».

45

ODIO ELS HOSPITALS

Fa molt temps que ho sé. Des d'aquella nit que vaig caure del llit i vam acabar tota la família a urgències. No es pot dir que hagi estat en gaires hospitals al llarg de la meva vida, però en conec prou per saber que no m'agraden gens. Són freds, tristos, avorrits. Tant de bo no tingueu gaires oportunitats de saber-ho.

Quan va arribar l'ambulància, el vigilant de seguretat havia tornat a la seva feina.

—Pots tu sol? —va preguntar-me.

Diria que, en veure'm, va tornar a pensar que jo era més gran del que semblava en realitat. La història de la meva vida.

—I tant! —vaig contestar, pensant que l'única cosa que havia de fer era esperar que portessin el Pere a l'hospital i tocar el dos cap a casa. Me'n moria de ganes.

Estava molt equivocat.

—És amic teu? —em va preguntar el metge que viatjava dins l'ambulància.

—Si fa no fa —vaig contestar, per simplificar.

—Saps què ha begut?

—Ginebra, em penso.

Van posar el Pere en una llitera, de cap per amunt. El van lligar amb unes corretges i el van pujar a l'ambulància. Mentre el metge li clavava una agulla en un braç, l'infermer li prenia la pressió. Ho feien tot molt de pressa i amb molta seguretat. De sobte, van girar-se cap a mi i em va dir:

—Tu, puja. Pots seure aquí mateix, al costat del teu amic —va assenyalar un seient petit que hi havia al costat de la llitera.

—No, no. Jo no vinc. Els meus pares deuen estar preocupats.

—I es preocuparan encara més quan et vegin arribar d'aquesta manera. Aquesta cella necessita punts. Fes el favor de pujar a l'ambulància.

Vaig tocar-me la cella. Em va sorprendre

veure'm la mà plena de sang. Me n'havia oblidat completament. Però en mirar-me al mirall, un cop dins l'ambulància, vaig adonar-me que el metge tenia raó. Tenia la cara tota abonyegada i plena de sang. La cella la tenia també trencada, i el nas tampoc estava com sempre. Era millor deixar que em reparessin.

La porta del darrere de l'ambulància es va tancar. El Pere estava connectat a una màquina que feia «pip-pip-pip», com la porta de la nevera quan algú se la deixa oberta. El metge va quedar-se darrere amb nosaltres. L'infermer va pujar al davant, al costat del conductor. Van connectar la sirena. Vam allunyar-nos d'allà a tota marxa. Va ser una sensació al·lucinant.

—Quan arribem a urgències, podràs trucar als teus pares, no pateixis —va dir el metge que viatjava al meu costat—. M'expliques què t'ha passat a la cara?

—He topat amb un arbre.

—Sí, és clar, i l'arbre havia begut?

Vaig riure.

—No.

—Ja m'ho pensava —va fer ell, i va deixar el tema. Es notava que sabia el que es feia.

Per canviar de tema vaig preguntar:

—Puc gravar?

—Una mica, però no et passis.

Em penso que li havia caigut bé.

Vaig treure la càmera i vaig immortalitzar aquell moment. El viatge supersònic per la ciutat, l'arribada a l'hospital, les presses de l'equip mèdic mentre treien el Pere, la llitera que desapareixia per l'entrada d'ambulàncies, l'avorriment de la sala d'espera, el passadís on es recuperaven altres nois i noies que havien begut massa (alguns portaven una bossa plena de vòmits lligada al coll), el moment en què arribaven els pares a buscar-los, el seu penediment (o la manca total de penediment, segons els casos), les brometes dels familiars quan es trobaven allà, les cares de sorpresa de les infermeres i els metges en veure-ho. En fi. Ho vaig gravar tot.

Tot el que passa un divendres qualsevol, mentre la gent dorm.

46

EM COSTA MOLTÍSSIM PRENDRE DECISSIONS

Em costa un munt decidir-me. Sempre tinc por d'equivocar-me. Soc lent pensant. Quan per fi em decideixo, normalment em penedeixo del que he decidit. És un pal, ser així.

Editar una pel·lícula vol dir prendre un munt de decisions. Quines escenes agafes i quines no. Quina part de les escenes bones no val la pena deixar en la darrera versió. Quins moments són els més dramàtics, els més àgils, els millors. Si ets director de cinema i no saps prendre decisions, ho tens clar...

No va ser fàcil ficar dues hores i mitja de material en vint minuts de pel·lícula. Vaig passar-me hores i hores visionant un cop i un altre les escenes, per tallar-les en el segon just, ajuntar-les de manera que tot tingués sentit, dramatisme, ritme i interès. De bon començament quedava llarg. Vaig trigar molt més que de costum. M'ho vaig *currar.* Hi vaig afegir un parell de músiques, no gaires, perquè vaig descobrir que la majoria de les vegades era molt més impressionant el so ambient.

Quan l'Hèctor va veure per primer cop la pel·lícula, li van saltar les llàgrimes d'emoció en arribar al final. Amb un fil de veu va dir-me:

—Noi, és boníssima. Et felicito.

Va decidir a l'acte que la presentaria al concurs de curtmetratges documentals. Estava convençut que guanyaria.

Finalment, el meu documental es va dir *Nit de divendres.* Comença amb un grup d'amics que van de festa i acaba a la sala d'espera de l'hospital, en el moment que un metge comunica una cosa a la mare del Pere i ella es posa a plorar desconsoladament. Vaig pensar molt en com resoldre el final. En aquesta escena vaig decidir no utilitzar el so ambient. Volia subratllar-ne el dramatisme.

És un pla obert. Es veu els pares del Pere esperant, es veu com arriba el metge. Ells es posen drets. El metge parla. De fons sona el *Lacrimosa,* la part més trista del *Rèquiem,* de Mozart. El volum de la música puja de mica en mica. Hi ha un primer pla de la mare en el moment que esclafeix a plorar. El seu marit l'abraça. També té els ulls humits. Es nota que es fa el fort. Vaig voler aguantar aquest pla durant uns segons. Vaig voler que el públic notés l'angoixa d'aquells pares, la seva desesperació. Després, fosa en negre i crèdits.

47

SI POGUÉS, POSARIA QUÈTXUP A TOT ARREU, FINS I TOT A L'AMANIDA

Allò del Pere va tenir algunes conseqüències inesperades. Per exemple, els tios de l'equip de futbol van assabentar-se del que havia passat i van començar a tractar-me d'una altra manera. Amb més respecte. La notícia també va arribar als professors, i alguns van posar-me com a exemple de bona conducta davant de tothom, i van explicar a classe el que havia fet. Em penso que mai havia tingut tanta vergonya. També els pares del Pere van agrair-me el que vaig fer, mentre encara érem a la sala d'espera de l'hospital. Va ser com si de sobte fos millor. Una mena d'heroi.

A casa també es va notar la diferència. Els meus pares em miraven amb una mena d'orgull estrany, com si fossin els pares de Clark Kent. Així que em van veure, ja em van clavar una esbroncada (no gaire forta) per allò de la cella i el nas trencats. Ara bé, la mare havia preparat el meu menjar preferit (és a dir, hamburgueses casolanes amb les patates fregides acabades de fer) i havia deixat el pot de quètxup sobre la taula. M'encanta, el quètxup. Si fos per mi, posaria quètxup a tot arreu (fins i tot a l'amanida). Però la meva mare no el pot veure ni en pintura i sempre rondina, sempre em diu que no n'hi posi tant, me'l prohibeix, i al final acaba per amargar-me tot el que menjo. Aquell dia, en canvi, no va dir res. Va deixar que me'n posés tant com em va donar la gana i va continuar mirant-me com si fos Clark Kent. Fins i tot van començar a parlar de comprar-me un mòbil nou. Tot molt estrany. Els meus germans també estaven al·lucinats (i una mica orgullosos de mi).

Però el que més va importar-me va ser la reacció de la Keiko, és clar. Em va trucar l'endemà, així que ho va saber. Volia saber com em trobava.

—Tinc el nas trencat —li vaig explicar— i m'han sargit una cella.

—Pobrissó —va murmurar, abans de quedar-se en silenci uns segons, potser per pensar com diria el que va dir després—: Escolta... el que vas fer és al·lucinant. Ajudar el Pere. Quedar-te al seu costat. Una altra persona se n'hauria anat i l'hauria deixat allà.

Mai sé què dir quan algú m'afalaga. Em poso nerviós. L'única cosa que se'm va acudir va ser fer cara de babau i respondre:

—Ah. Gràcies.

48

AL CAPDAVALL POTSER NO SOC UN PIANISTA TAN HORRORÓS

Per tocar el piano, segons l'Abraham, cal tenir sentit del ritme, capacitat per escoltar amb atenció, paciència, concentració, rapidesa per llegir correctament la partitura i una mica de constància. Vist així, molta gent podria ser pianista. El problema és que, quan t'asseus davant les tecles, el que abans semblava tan fàcil es torna de cop i volta molt complicat. Encara més si al teu costat hi tens algú com la Keiko, que mai comet un sol error i s'aprèn les partitures en un temps record.

Unes setmanes després d'allò del Pere, la Keiko va venir a casa a tocar. La meva mare ens va preparar un parell de llimonades i vam seure davant del piano. Jo li havia demanat que em donés unes quantes lliçons que em permetessin millorar una mica, però ella va començar per dir-me:

—No crec que pugui donar lliçons a ningú. A mi mai ningú me n'ha donat cap. Bé, llevat de l'Abraham, és clar.

—Vols dir que mai has anat a classes de música?

—Mai.

—Ni quan vivies al Japó?

—No.

—Llavors, com és que saps tocar tan bé?

—No en tinc ni idea. L'Abraham diu que potser en una altra vida vaig ser pianista. És una bona explicació —va somriure amb timidesa.

Vaig pensar que em prenia el pèl. Però estava massa seriosa per fer broma.

—Sempre he tocat d'amagat. Des de petita —va afegir.

—Què vols dir?

—Et vaig explicar que el meu pare no em deixava tocar el piano, te'n recordes?

—És clar.

—El que no et vaig dir és que jo el tocava igualment. Esperava que se n'anés a treballar i m'asseia davant del seu piano. Tocava les mateixes peces que ell assajava a casa. No necessitava la partitura, me les sabia totes de memòria. I si n'escoltava alguna de nova, podia tocar-la d'oïda, sense necessitat d'aprendre-me-la. Era com si ho portés dins.

—Tocaves sense partitura? —vaig preguntar, impressionat.

—Em semblava normal. Jo era petita. Ho havia fet des de sempre. Ni em molestava a dissimular-ho. Un cop, quan tenia dotze o tretze anys, la mestra de música de la meva escola es va deixar el piano obert. Vaig acostar-m'hi i sense ni tan sols seure vaig tocar el primer que em va venir al cap. Una peça de jazz que era la preferida del meu pare. Es deia *Crazy Blues*. La mestra va quedar tan impressionada d'escoltar-me que li va faltar temps per trucar al pare i explicar-li ho tot. De tornada a casa, estava enfadat. Crec que durant una estona va pensar que l'havia enganyat, que havia rebut lliçons sense dir-li-ho. Li vaig prometre que no ho havia fet. En arribar a casa, em va fer seure al piano i em va demanar que toqués *Crazy Blues*. Ho vaig fer, sense ni un error. Després va demanar-me que toqués una peça de Debussy i una altra de Schubert. Totes formaven part del seu repertori. Les vaig tocar totes sense equivocar-me ni una sola vegada i sense necessitat de llegir la partitura. Després ell va tocar una peça nova, que jo mai havia sentit. Quan va acabar, em va demanar que la repetís. Ho vaig fer sense esforç, com havia fet tota la vida amb tota mena de músiques. El meu pare va tancar els ulls i va dir:

—Tens una habilitat increïble.

Va explicar-me que d'això que em passava se'n diu «tenir oïda absoluta». És l'habilitat de reconèixer les notes d'una melodia sense necessitat de llegir-les en una partitura, o després d'escoltar-les només un cop. Per descomptat, és un gran avantatge si vols ser pianista.

—I és això el que tu vols ser? Malgrat la prohibició del teu pare?

—Al pare li van diagnosticar un càncer fa més d'un any. Quan l'hi van trobar, la malaltia ja s'havia estès molt i no hi havia res a fer.

Ell va triar morir-se en pau, a casa. Jo vaig estar-me al seu costat. Els últims mesos van ser insuportables. El pitjor que et puguis imaginar. Vaig entendre que s'estava morint el dia que va demanar-me que toqués per a ell *Crazy Blues*. Ho vaig fer, és clar, mirant d'esmerçar-m'hi al màxim. Quan vaig acabar de tocar, va demanar-me que m'assegués al seu costat, al llit. Va agafar-me la mà i em va dir: «Vull que facis sempre el que et faci feliç. Si tocar el piano et fa feliç, vull que toquis el piano». Per això vaig demanar a la mare que m'apuntés a classes de música. No saps com me n'alegro que ho fes, perquè allà et vaig conèixer a tu, Albert.

Quan va acabar de parlar, la Keiko va tocar per a mi *Crazy Blues*. Era una música preciosa i tristíssima, que em va fer pensar en allò que teníem en comú i també en allò que ens separava. També vaig pensar que, al cap i a la fi, potser no soc tan mal pianista, potser només en soc un de normal i corrent.

Vaig jurar-me a mi mateix que havia arribat l'hora de dir a la Keiko tot el que sentia per ella. Però, tot i estar-ne ben segur, encara no vaig gosar dir-li-ho.

49

NO SOC L'ÚNIC PAIO VERGE DEL MÓN

A la vida hi ha dos tipus de coses: les que val més saber i les que no. Si ets l'únic tio verge de la teva edat que queda al món, és millor no saber-ho. Però si n'hi ha d'altres tan desgraciats com tu, el més segur és que vulguis estar-ne assabentat, per sentir-te una mica més bé.

La mare va acompanyar-me a l'hospital deu dies més tard, perquè em traiessin els punts de la cella. Va atendre'm la mateixa infermera que me l'havia cosit. La mateixa que havia atès el Pere quan va arribar a l'hospital. La mateixa que m'havia deixat fer servir el telèfon per trucar als meus pares i demanar-los que vinguessin a buscar-me. La mateixa que ens havia explicat que, per bé que les ferides que tenia a la cara semblaven molt greus, de fet no ho eren. La mateixa que m'havia donat un copet a l'espatlla quan me n'anava i m'havia dit: «Aquesta nit t'has comportat millor que molts adults, Albert».

Mentre m'estirava les restes del fil que encara decorava la meva cara, la infermera no podia deixar de parlar del Pere:

—Per sort, gairebé mai ens arriben casos tan greus. Tot i que aquí hi veiem de tot, hi ha coses a les quals no estem gaire acostumats, i també ens ho passem molt malament —va explicar, i va dibuixar un mig somriure trist, com si acabés de recordar alguna cosa—. Mai diries quines paraules repetia el teu amic en les poques vegades que va recuperar la consciència.

Vaig arronsar les espatlles.

—Balbotejava una i altra vegada: «No vull morir verge, no vull morir verge, no vull morir verge...». Et ben juro que si la situació no hagués estat tan dramàtica, m'hauria petat de riure.

—Però això no pot ser —vaig dir jo, remenant amb molta seguretat el cap—. El Pere no és verge.

—Doncs jo diria que sí —va fer la infermera—. I penso que ell ho deu saber més bé que ningú, no creus?

En sortir de l'hospital la meva mare va etzibar una d'aquelles velles sentències que fan tanta angúnia perquè gairebé sempre són veritat:

—Vet aquí que les aparences enganyen, fill meu.

50

MAI M'AGRADA EL FINAL DE LES PEL·LÍCULES

Ja sé que no soc l'únic. Quan a les pel·lis tot acaba bé, m'enfado, perquè a la vida mai tot acaba bé, i penso que el director és un babau o (pitjor) que es pensa que jo soc un babau i llavors m'emprenyo, perquè no sé què em fa més ràbia. Si les pel·lis acaben fatal, també m'enfado, perquè el cinema serveix, precisament, perquè passin coses diferents de les que et passen a la vida i penso que el director és un pessimista que em vol encomanar el seu mal rotllo.

Si el noi acaba amb la noia, penso: «Sí, home, i què més, com si les coses fossin tan fàcils». Però si el noi i la noia acaben separats, penso: «Què li costava fer-nos creure que de vegades les coses poden ser estupendes».

Si es mor el protagonista, penso: «Era necessari deprimir-nos al final?». I si se salva després d'haver passat per una situació de màxim perill, penso: «Segur que a la vida real no s'hauria salvat».

És a dir, que soc un espectador difícil d'acontentar. Precisament per això sé que, quan arribi el final, alguns fareu com jo i ho trobareu tot fatal. Pensareu que podria haver-me esforçat una mica més o triar una escena diferent per tancar la història. En fi. Tant se val. Aquest és el meu vídeo i l'acabo com vull. Igualment, passi el que passi, no us agradarà.

Som-hi. Aquest és el final, us agradi o no: la Keiko i jo estem asseguts a la sala d'espera del conservatori de música. Esperem que la cridin per fer una prova de nivell. He portat la càmera per gravar unes escenes de la meva propera pel·lícula. Volia que es veiés que estava nerviosa, però sembla més tranquil·la que jo. Per no variar, està molt guapa. Ha decidit apuntar-se als estudis oficials de música i jo l'he animada a fer-ho. Soc aquí per acompanyar-la. Quan pronuncien el seu nom, per indicar que pot passar, em venen ganes de fer-li un petó per desitjar-li bona sort. Malgrat que me'n moro de ganes i que he pensat mil vegades com fer-ho, em torno a quedar paralitzat. Encara soc un *pringat* i ja començo a témer que a aquest pas ho seré la resta de la meva vida. Llavors ella s'aixeca, s'arregla la faldilla amb calma, em somriu, camina cap a mi, em fa un petó ultraràpid als llavis i surt corrents, sense mirar enrere.

NOTA DE L'AUTORA I AGRAÏMENTS

Escrius novel·les perquè alguns assumptes et preocupen, et commocionen. Perquè davant certes notícies no pots callar. Perquè saps que la ficció és una bona manera d'explicar coses que potser d'una altra manera no es poden dir. Mentre escrivia aquesta novel·la tenia sobre la taula un parell d'articles publicats a la premsa en els darrers mesos: l'un parlava d'una noia morta d'un coma etílic als dotze anys. L'altre deia que l'edat mitjana en què els joves catalans comencen a beure alcohol és als tretze, i que cada cop és més freqüent que el seu consum sigui «de risc». És a dir, beuen més del que els seus cossos poden resistir, probablement per desconeixement o per escassa valoració del perill que corren.

Per escriure aquesta novel·la vaig basar-me en nombrosos testimonis reals: el dels nois i noies que consumeixen alcohol d'una manera semblant a la dels protagonistes de la història (és a dir, ingestes grans, normalment al carrer); el dels metges i infermeres que treballen de nit en el servei d'urgències d'un hospital proper a una d'aquestes zones de consum massiu; el dels treballadors d'algunes discoteques que un cop a la setmana permeten l'entrada a menors d'edat; fins i tot el d'un jove que fa uns anys va ser un expert falsificador de documents d'identitat. A tots ells, que s'estimen més quedar en l'anonimat, els vull expressar el meu agraïment.

Les dades facilitades en el capítol 34 les vaig agafar de la pàgina oficial dels Servicios Sociales de Gijón, en la qual es pot fer de manera senzilla i ràpida un càlcul d'alcoholèmia: https://sociales.gijon.es/page/10501-calculador-de-alcoholemia.

També va ser-me de gran utilitat la pàgina del Ministerio de Sanidad sobre els riscos del consum de begudes alcohòliques entre els més joves: https://www.msssi.gob.es/campannas/campanas07/alcoholmenores9.htm.

Estic en deute també amb el doctor Claudi Santos, el doctor Jordi Bigas, amb Alejandro García, Tadashi i Diane Nakamura, Alba Borrego, Ángeles Escudero i Deni Olmedo. Per acabar, amb Adrià Olmedo, el meu fill, que des del primer fins a l'últim moment ha estat l'inspirador i el principal lector d'aquesta història, que sense ell mai hauria existit.

M'ENCANTEN LES ESCENES QUE VENEN DESPRÉS DELS CRÈDITS FINALS

Hi ha pel·lícules que ens reserven una sorpresa final quan ja representa que s'ha acabat tot. Per descobrir-la cal tenir una mica de paciència i esperar que els crèdits acabin de passar. Si te'n vas abans, et quedes sense premi. Si t'esperes, tens la teva recompensa en forma d'escena final que el director ha decidit col·locar quan ja ningú se l'esperava. Fins i tot després dels agraïments. A mi m'encanta trobar aquesta mena de propines, però encara m'agrada més quan m'expliquen alguna cosa que de sobte ho canvia tot. Gairebé sempre, a millor.

En el meu documental vaig decidir fer el

mateix. Recordeu al final? Sala d'urgències, els pares del Pere s'aixequen, el metge els parla, sona el *Lacrimosa* i la mare es posa a plorar desconsoladament. Pla llarg. L'aguanto uns quants segons més del que resulta suportable. Després faig un fos a negre i comencen a passar els crèdits.

En els crèdits vaig posar un agraïment per a l'Héctor (es va emocionar molt en veure'l). Un altre per al personal de l'hospital (inclosos els nois de l'ambulància). Un altre per als meus pares, és clar. Un altre per a la Keiko. En total els crèdits trigaven a passar 32 segons. Calia tenir-ho molt en compte, perquè si em passava dels vint minuts que exigien les bases, el meu documental quedaria immediatament fora del concurs.

Després dels crèdits, un segon negre. I després, quan ja ningú s'ho espera, sorpresa! Apareix el Pere! En un llit d'hospital, amb una bata blava i el cap tot embenat, amb un somriure, parlant directament a càmera i dient:

—Hola, penya! Què hi ha? Pensàveu que me n'havia anat a l'altre barri? Doncs encara soc aquí, donant pel sa... Perdó, el director no em deixa dir paraulotes. Volia dir emprenyant. I prepareu-vos, perquè penso seguir emprenyant molt més temps. Així que surti de l'hospital, prepareu-vos. Sobretot, les noies. Que sí, tio, que sí, que ja acabo, que pesat amb el temps! Està bé, us deixo. Només una coseta més. Vull enviar dos missatges a tota la gent que fins ara us pensàveu que era mort. Si us ha sabut greu, us vull dir: gràcies, tios. Us envio una abraçada. M'heu emocionat! Sou els millors. Però si, en canvi, us ha semblat bé que l'hagués palmat, també tinc un missatge per vosaltres: que us donin pel…

En aquest instant, la gravació s'interromp sobtadament.